風物長宜放眼量

风物长宜放眼量

黄梅戏导演创作谈

时代出版传媒股份有限公司
安徽文艺出版社

本书系安徽省高等学校省级质量工程项目

——黄梅戏表演专业教学资源库（2020zyk10）之成果

总　策　划：王颖迪　陈二祥

策　　　划：韩　伟　陈　詠　刘　俊

朱三九　刘　盛　朱向军

封 面 题 字：冯仲华

風物長宜放眼量

黄梅戏导演创作谈

胡继宗 / 著

时代出版传媒股份有限公司
安徽文艺出版社

图书在版编目（CIP）数据

风物长宜放眼量：黄梅戏导演创作谈 / 胡继宗著. -- 合肥：安徽文艺出版社，2024.11
ISBN 978-7-5396-7792-7

Ⅰ. ①风… Ⅱ. ①胡… Ⅲ. ①随笔－作品集－中国－当代 Ⅳ. ①I267.1

中国国家版本馆 CIP 数据核字(2023)第 118064 号

出 版 人：姚 巍
责任编辑：张星航　　　　装帧设计：徐 睿

出版发行：安徽文艺出版社　www.awpub.com
地　　址：合肥市翡翠路 1118 号　邮政编码：230071
营 销 部：(0551)63533889
印　　制：安徽联众印刷有限公司　(0551)65661327

开本：700×1000　1/16　印张：17.75　字数：222 千字
版次：2024 年 11 月第 1 版
印次：2024 年 11 月第 1 次印刷
定价：78.00 元

目录

自序

我15岁跨进艺术大门，转瞬之间，26年悄然过去。年届不惑的我清楚地知道，只有不断加强学习和积累，才能找到自己正确的人生目标。我时常思考个人价值和社会价值之间的关系，力求实现两者统一，也不断追寻内心深处最真实的一处。

偶然翻阅《人间词话》，我顿时如醍醐灌顶。王国维先生是中国近现代时期一位享有国际声誉的学者，早年追求新学，受资产阶级改良主义思想的影响，把西方哲学、美学思想与中国古典哲学、美学思想相融合，形成了独特的美学思想体系，继而攻词曲、戏剧，后治史学、古文字学、考古学。郭沫若称其为新史学的开山鼻祖，赞他为中华民族文化宝库留下了广博精深的学术遗产。王国维先生曾提出，戏曲的本质是“以歌舞演故事”。我欣赏他在《人间词话》中谈及的古今之成大事业、大学问者，必须经过的三种境界：

“昨夜西风凋碧树。独上高楼，望尽天涯路。”

“衣带渐宽终不悔，为伊消得人憔悴。”

“众里寻他千百度，蓦然回首，那人却在，灯火阑珊处。”

先生说，第一种境界指做大学问、成大事业者，首先要有执着的追求，登高望远，探察路径，明确目标与方向，了解事物的概貌。第二种境界则是形容成大事业、大学问者，成功不是轻而易举、唾手可得的，而是要坚定不移，历经辛劳，废寝忘食，孜孜以求，直至人瘦衣宽也不后悔而成的。第三种境界指做学问、成大事业者，必须有专注的精神，反复追寻研究，下足功夫，自然会融会贯通，有所发现，有所发明，就能够从必然王国进入自由王国。

读罢先生的书，我豁然开朗，感觉自己目前所走的路，竟与先生所说的如出一辙。26年来，我不断学习，勤奋工作，追求理想，坚持不懈。“忌竭泽而渔，宜厚积薄发”，正是我学习与工作的座右铭。

我有两个重要的身份——教师、导演。我喜欢当一名人民教师，因为与学生们的相处让我永远都那么快乐，可以始终保持一颗童心；我也喜欢当导演，因为在舞台上挥洒汗水令我沉醉，脚踩在氍毹之上令我踏实。其实这两种身份是互促共进、互补共长的，做一名学术型导演一直是我的追求和奋斗目标。

“宝剑锋从磨砺出，梅花香自苦寒来。”从事戏曲表演是辛苦的，但能塑造大千世界中形形色色、性格迥异的人物形象，又是幸福的。一生中，能饰演到触碰心灵的角色的机会能有几回？我希望自己能做好一名戏曲导演，做好演员的一面镜子。

时代在飞速发展，新时代的戏曲演员应该具备多元化的知识，做一个具有导演思维的演员，要敢于和导演对话，而不是成为导演的“棋子”。这本书记录了我在讲台与舞台之间穿梭的历程，内容涉及舞台调度、舞台节奏与气氛、舞台空间与时间、戏曲舞台音乐等专业知识，也谈到了戏曲表演艺术的特征和一些戏剧表演素质的训练方法。

我愿意和年轻朋友们一起分享我学戏、从艺、教学、导演过程中的点点滴滴。

作为教师，培养优秀戏曲人才是我的天职；作为导演，创作优秀舞台作品是我的目标。

讲台与舞台，我将继续穿梭其间！

教学篇

『师者，所以传道授业解惑也。』如何做好一名教师？如何传承好戏曲艺术？如何做到教书、育人并重？这些个话题还需慢慢展开。

“魔鬼班主任”

我在学生们口中有两个奇怪的称号:“魔鬼班主任”和“亲爱的老班”。之所以被称为“魔鬼班主任”,是因为我对他们确实太严厉;之所以被称为“亲爱的老班”,是因为我对孩子们的爱,他们都能感受得到。

除了专业课老师,我还有另一个身份——班主任。和孩子们在一起,我始终保有一颗童心。我愿意用真心去对待他们,用真情去感化他们,和他们成为知心朋友。

2008年,我带的班上有30名同学,他们有的活泼,有的文静,有的个性十足,有的沉默少语,有的出身单亲家庭,有的从小和爷爷奶奶生活在一起。他们最大的20岁(只比当时的我小5岁),最小的才12岁。尽管同学们年龄悬殊,但他们就像一家人,互帮互助,非常友爱。

为了便于管理,他们的主课都是我亲自带,基毯身把、剧目理论我全包了,最多时一周能达到35节课。好在那个时候的我身体很棒,从来没有觉得累。除了常规课程,每天放学后我还会给同学们开小灶,给他们更多的课后服务。我常常带着同学们绕着学校操场跑步,印象最深的是单独教给他们一套戏曲剑法。

每周我会让大家写周记,让大家把心里想说的话、对班级的建议、和同学们之间的事情说给我听。在周记中我可以及时了解学生们的心理动态,孩子们也有许多话想通过周记告诉我。遇到困难及时帮助,遇到困惑及时排解,我敞开心扉和孩子们讲故事、谈自己的学习经历,告诉他们要学一行爱一行,要专心学习、热爱戏曲。

我和我的学生

对于不听话、爱闯祸的小男生，我有自己的小妙招。记得有一个学期的每周五下午，我都会骑上电瓶车，带班上一个犯了错的男生去石化大澡堂洗澡，我给他付费。处在青春期的孩子犯错误其实是正常的，但如何让他从心理上认识错误并改正错误，才是关键。教书育人，我认为育人比教书更重要。作为一名教师、一名班主任，我的职责是为国家培养德艺双馨的戏曲人才，要有学有术。所以在去澡堂的路上，我都和这个“小公鸡头”分析问题，讲述事态的严重性。其实，我们班的这些男生都是听话的。我一直认为没有教不会的学生，只有不用心教的老师。现如今有的老师埋怨学生不听话、不听讲，其实大可不必。作为老师不要去埋怨学生为什么不喜欢听你的课，而要去思考是哪里出了问题，你的课堂为什么不能吸引学生？你的课程内容与时俱进吗？你的授课方式正确吗？其实，老师是可以和学生做朋友的。

和同学们相处了两年，我要去中国戏曲学院读研究生了。离别之际，孩子们凑钱在学校旁边的大宅门酒店置了三桌酒菜，我永远都不会忘记。那天大家情绪都很低落，后来更是控制不住地哭泣，孩子们都舍不得我离开他们，因为这两年我的付出他们都记在心上。我也舍不得孩子们，那天我也没有控制住自己的情绪，我什么也吃不下，学生们的哭声让我心碎。

我在中国戏曲学院读书期间，几乎每隔几天就会接到同学们的电话，大家还是喜欢把自己遇到的事情说给我听，我也乐于去帮助他们化解一些问题。如今这一拨学生毕业十多年了，偶尔和他们小聚时，总能想起那时一起度过的难忘时光。

剧目创作的初衷

2007年7月大学毕业后，通过招考，我走进了安徽黄梅戏艺术职业学院（安徽黄梅戏学校），完成了由学生到教师的身份转变。在教学工作中我发现了一个现象：凡遇到黄梅戏赛事，女演员参赛的剧目片段很多，男演员参赛的片段数量屈指可数，无外乎是《忽听琵琶》《一弯新月》《江水滔滔》几个段子被反复演唱。这固然与黄梅戏剧种的风格特色有关系，但对这个现象我们要认真思考。我们的男学生大部分还处在嗓音的变声期，无法驾驭这些片段，甚至有些院团的男演员表演这些唱功戏也稍欠火候，但黄梅戏生行做功戏的剧目数量太少，很少有能够综合展现演员手眼身法的剧目，这样的选择实属无奈之举。

"他山之石，可以攻玉。"我思考着为什么黄梅戏就不能与时俱进、借鉴并吸收别的剧种优秀折子戏片段进行改编加工，创造属于自己剧种的生行代表作品呢？那时的我年轻气盛，干劲十足，尽管每周课时量达到了35节，可我一点都不觉得累，充实与快乐每天都伴随着我。我开始尝试着去创作一些适合黄梅戏生行参赛的剧目。

黄梅戏有36本大戏、72出小戏。在角色行当的划分及表演风格样式上，是以"小生、小旦、小丑"的"三小"而著称。这种行当表现形式与国粹"京剧"的行当是不尽相同的。在清末出现的"同光名伶十三绝"等优秀的伶人中，始终是老生挂头牌，其余行当配之，逐渐形成了"前后三鼎甲"的老生态势，尤其是在"伶界大王"谭鑫培时，老生行达到了鼎盛。辛亥革命爆发后，女子可以走进戏院和男人一起观戏。女性不喜欢看以表现英武老生为主的剧目，而是喜欢表现温文尔雅、贤惠善良的女性角色的剧目。观赏喜好的转变推动了旦行的迅速发展，直至“四大名旦”的出现达到巅峰。这也就改变了老生一统天下的格局，形成了旦角、生角平分秋色的局面。尽管京剧其余行当发展速度相对较慢，但总的趋势还是在向前迈进的。时至今日，京剧舞台上各个行当、流派精彩纷呈，可谓“百花齐放，百家争鸣”，于魁智、李胜素、孟广禄、袁慧琴等一大批京剧名角的表演深受观众喜爱。

相比之下，黄梅戏的行当发展出现了参差不齐的状况。暂且不提各个行当齐头并进，单说旦角与生角的人员比例就严重失调。这种状况从旦角领军人物严凤英大师开始，就从未改变过，韩再芬、马兰、吴琼、杨俊等黄梅名角的处境同样如此。俗话说“好花还需绿叶配”，但现在的关键问题是好花稍易寻，绿叶更难见啊！即使有黄新德、张辉老师等生行艺术家的努力，但黄梅戏的小生后继人才储备量是否充足呢？随着精神文明建设的飞速发展，观众对戏曲表演人才的综合素养要求越来越高。在黄梅戏大发展、大繁荣的特殊时代，小生行当的人才梯队是否合理、科学、完备呢？纵观近些年来举办的各类黄梅戏大奖赛，女演员参赛剧目的选择余地比男演员大得多，如《挂画》《红梅惊疯》《别洞观景》《木兰哭坟》《昭君出塞》《扈家庄》《哭城》《宝玉哭灵》等剧目，可谓不胜枚举。相比之下，男演员的参赛剧目屈指可数。选手只能无奈地从仅有的几出唱功戏中挑选参赛剧目，无法综合体现自己的业务水平。黄梅戏难道真的像外界所说的只有唱功吗？黄梅戏男演员难道基本功真的比别的剧种的男演员差吗？难道黄梅戏男演员的艺术之路只能越走越窄吗？尽管《忽听琵琶》《一弯新月》是黄梅戏生角的经典名段，但观众也总有听觉麻木疲惫的时候。有时一场比赛中，十名男选手中就有四名演唱同样的剧目，选手无法充分展现自己扎实、全面的专业技能。不是选手不想全面展示，而是没有适合自己展示的剧目。作为一名戏曲教育工作者，我面对这一现状非常焦急。为什么京剧、越剧就会有许多生行的代表剧目呢？难道黄梅戏男演员的这种境况就不能改变吗？我想改变这种现象。

一、《跌雪》——不做僵死的躯壳

《珍珠塔》是黄梅戏36本大戏中的一本。2008年底，我创作了《跌雪》一折，该折是在锡剧的基础上重新加工改编的。在此次创作、导演过程中，我重点强调如何让演员在舞台上创造角色、充分理解人物，将人物的内心情感通过戏曲外在的程式动作加以体现，实现内外结合、表里相通。《珍珠塔》中的方卿是一个落魄书生，但他志向远大。要在十多分钟里将整个剧情层次交代清楚，不是一件容易的事。为此我尝试做出如下设计：第一部分，通过方卿衣衫褴褛地走在漫天大雪中，反映人世间的凄凉与冷漠；第二部分，通过打开包裹发现表姐所赠的珍珠塔，从而悔恨交加地理解了表姐对自己的爱与关心，体现出人世间依存的亲情；第三部分，通过方卿在狂风咆哮中加紧脚步继续赶路的情景，体现他志向远大、不畏困苦、勇往直前的品格。

"内心世界是外在形态的主宰，外在形态是内心的具体体现。"在处理《跌雪》片段时，我挖掘出大量鲜明、准确、清晰、有力的舞台调度来展现方卿的人物性格。我将一把破雨伞这个贯穿人物命运的道具的表现功能发挥到了极致。运用举伞、推伞、顶伞、架伞、抡伞、旋伞等造型动作，加上圈大蹦子、下叉三起三落、点步翻身、吸腿翻身、踏步翻身、涮腰、大跪步、抢背等一系列技巧的运用，增强了剧目的观赏性、艺术性，有重点、有层次、条理分明地将剧目内容一一展现。

我深知导演在舞台调度时，不能单纯依靠点、线，最重要的是要把焦点用活，要

《珍珠塔·跌雪》中的方卿

《白蛇传·断桥》中的许仙

让观众清楚地了解此段戏的冲突，明白方卿的个人行为，给观众一个深刻的印象，引导观众去注意焦点，关注人物。要在演员的行动中寻找、组织舞台调度的形式，使人物的内心体验视觉形象化。我所强调的舞台调度，不仅仅是指《跌雪》中方卿的翻、扑、滚、跌的舞台位置移动与转换，还包括演员的身体姿态变化，以及某些突出的面部表情。阿甲先生说过，“程式不经过体验，只能是僵死的外壳，体验不带程式，就不是戏曲的心理技术”。不管怎样在舞台上调度，对角色的心理意义必须牢牢掌握。戏曲程式的运用始终要从生活出发，从人物出发，从戏出发，做到合情合理，有戏有技，达到情、理、技三者统一。戏谚：“戏无情，不动人；戏无理，不服人；戏无技，不惊人。”只有演员的表演达到情、理、技三者的统一，观众才能感动、信服，在品味中进行想象，从而体会到更加丰富、深刻、隽永的美感。

二、《断桥》——规定情境的理解掌握

《白蛇传》是一出经典剧目，梅兰芳、俞振飞两位大师联袂演出的《断桥》家喻户晓，号称“天下第一桥”的婺剧《断桥》更是引人关注。传统黄梅戏中也有这出剧目，但黄梅戏的《断桥》以唱功见长。此次，如创造出新的演出样式以适合小生演员参赛、体现演员的综合实力，是我设计的亮点。我将《断桥》中的白蛇、青蛇角色省略，只保留许仙一人，改成独角戏，特别强调舞台调度中规定情境的重要性。

舞台调度的首要依据是规定情境，它是我进行舞台调度构思和处理最重要的依据。在设计具体的舞台调度时，因为是独角戏，演员眼神中的内心视像就需要表达得特别清晰。常言道，“一身之戏在于脸，一脸之戏在于眼”“眼为心之苗”“眼为心之门户”。因此，我将许仙奔逃金山寺时的紧张、害怕，走到钱塘发现白蛇的欣喜、愉悦，回忆二人美好生活的甜蜜、幸福，被青蛇追杀时的恐慌、惊怕等众多眼神融合在

一个十分钟左右的参赛剧目中，进行细致的表达。

如何让演员体会到规定情境的重要性，如何在规定情境中体现人物性格，是排戏时的重中之重。所以拿到剧本、唱腔的时候，我会仔细分析人物的性格、人物此时此地的境遇和贯穿在整个片段中的行动线。在教授具体动作时，也要让学生们明白动作技巧是为人物形象服务的，而不仅仅是展示简单的水袖基本功，要明白内心体验与外在表现的统一，要时刻知晓规定情境的含义，不可随意加减动作，不可随意卖弄技巧，不可胡乱表演。有什么样的规定情境，就会有什么样的舞台调度，规定情境对舞台调度的选择有着重要的制约作用，规定情境制约了人物行动。

该折戏中还充分展示了戏曲小生的水袖功与褶子功。通过水袖中的绕袖、抓袖、打袖、翻袖、抛袖、扬袖以及含褶、踢褶、转褶、飞褶等身段动作，同时根据演员的自身条件融入了吊毛、滑步、跪步、蹉步、脚柱、抢背等技巧，加强、放大、夸张了演员的表现力度，对展示人物性格、刻画人物形象、表达剧情的意境起到了事半功倍的作用。所以说，充分理解规定情境的意义，是揭示矛盾冲突性质、人物精神世界和人物关系的有力手段。

淮剧名家梁伟平老师在新时代黄梅之星大赛中，对《断桥》这出剧目给予了很高的评价。梁老师说，许多剧种都在改编《断桥》，尽管黄梅戏《断桥》也融合、吸收了一些浙江金华婺剧《断桥》的元素，但是没有一家学得过黄梅戏。他充分肯定了这出戏的移植水平，认为它完全植根在黄梅戏的土壤上，可以作为黄梅戏小生演员传承的一个很好的剧目。

三、《打金砖》——人物上下场与亮相的精心设计

黄梅戏《汉宫惊魂》改编自京剧《打金砖》，此戏的改编难度相当大，既要保留京剧《打金砖》中的各种技术技巧，又要体现黄梅戏的风格特色，使两者在艺术表现形式上更好地融合。所以在创作时，我特别强调人物的上下场与亮相的设计。

一次具有戏曲人物的精神、气质的亮相，是最能体现角色形象的点睛之笔，我自然不能简单略过。对于《汉宫惊魂》中的刘秀来说，要将他酒醉之后走进太庙的各种状态表现得清晰自如，是需要下一番功夫的。因此，我在处理他的路线变换和挪动时，做了一系列的设计：一是从刘秀的起步到停步，二是从他上场到下场整个一场戏的移动路线。刘秀唱导板后从上场门九龙口出场亮相，通过戏曲程式动作醉

步、倒步的运用，表现出他的恍惚之态；通过抖髯、来回两个大的横向蹉步，双手直抖袖的配合，表现出他害怕、惊慌的心理；吊毛、抢背、屁股坐，一连串跪蹉、甩发等高难度技术技巧的设计，突出了人物的鲜明性格。由此可以看出，戏曲人物形象的塑造、舞台位置的变化是颇引人注意的。

与此同时，人物的下场通常标志着一个事件的结束或转折，导演也必须进行必要、合理的调度予以强化，所以在最后结束时，我设计了360°的僵尸技巧，来烘托人物的精神状态。排戏过程中，我一再强调角色在舞台上不可以随意乱动，尤其当挪动会影响和扰乱正在进行的戏时，更是不行。布莱希特就特别反对导演滥用调度，他指出，随意地调度会使调度贬值，本来调度意在突出和强调人物的台词和动作，揭示重要的心理和人物关系，如果说不重要的台词时也走动，就会出现不必要的动作充斥舞台的状况，那么观众的视觉反应就会迟钝，会对调度抱有无所谓的态度。

在排演《汉宫惊魂》时，我对人物亮相也特别重视。亮相是戏曲最富有表现力的身段造型，它是身段动作过程中的停顿与结束，它不仅仅是一个舞蹈动作的塑形，更是人物思想感情主要方面的塑形。通过亮相，观众对人物有了更深刻的理解，这种静止的以形传神的具有雕塑美的亮相，不是节奏的停顿，而是动作的延续，使观众有较充裕的时间清楚地接受和欣赏这一艺术形象。因此，在排练中我要求演员掌握好动静之间的内在联系、掌握好气息之间的连贯顺通、掌握好身韵的起承转合，要用一个个节奏鲜明的亮相来抓住观众的视线，吸引观众的眼球。要注意表演的全过程，从上场到下场、唱念做打中一个又一个的大、小、文、武的亮相，并要求面部神情（包括眼神等）要有感染力。剧中刘秀的第一次上场，要让观众看清楚；在剧情发展到紧要关头的时候，应把刘秀的重要判断向观众交代清楚；结束之前更要让观众清楚地看到事件发展的结果和未来趋势；全剧结束时，应给观众做一个清楚的交代。

四、《回十八》——舞台节奏烘托舞台气氛

新创作的黄梅戏《回十八》描写的是梁山伯去祝家庄访英台时的一个片段。此戏整个的舞台节奏是轻快明朗、层层推进的，舞台气氛是活跃的，人物精神状态也是兴奋的。对于梁山伯的形象塑造，要充分揭示他的内心世界，通过一场戏"看见""听见"导演所设计的舞台调度，使观众清楚地看到人物的外部形象，并通过外部形象觉察到人物的内心世界，"听清楚"人物的内心节奏。

《回十八》这出戏要表现出梁山伯在前往祝家庄的路途中，追忆两人曾经走过十八里路程的所见所闻，回味过去的美好时光。通过樵夫、牡丹、鸳鸯、白鹅等一系列物件自喻，形象地表现出山伯的可爱、朴实、沉稳。要将英台自许婚姻，山

伯毫不知情的憨厚情绪表现出来，将山伯的欢喜之情、思考之状、呆傻之态表现得淋漓尽致。

一场戏有一场戏的情绪与节奏，有冲突发展的速度和强度，该折戏中我给梁山伯设计出各种调度路线，有直线形、曲线形、八字形，这些线形的设计如同色彩一样，具有唤起观众情感效应的作用。作为导演，我深知合理运用舞台调度创造特定的节奏和气氛，可以提高整个剧目的水平。因此，在创作中我时刻强调以节奏制约着舞台调度，要以人物的内心活动和人物情感的起伏为依据，抓住角色情感的抒发点，通过舞台节奏的变化烘托舞台的气氛。

导演对一段戏的把握和处理，首先要去感受这段戏应有的节奏气氛，继而选择用什么手段把这种感觉传导给观众。我在《回十八》中所创造的舞台节奏，目的是要通过节奏变化将戏推向高潮，全剧最后一段需要演员完成三分钟的圆场。这种设计不仅锻炼了小生演员的脚下功夫，突出了山伯想见到英台的迫切心情，而且将圆场划分为慢速、中速、快速三个层次来表现，因为节奏只有在对比中才能显现出来。通过圆场的舞台调度反衬出整个戏的节奏在层层推进、演员的情绪在节节攀升、观众的热情也在慢慢累积。其实，导演对节奏气氛的把握和处理，重要的一点就是对观众的情绪（情感）体验的了解，舞台节奏气氛是为观众制造的，其目的是为了感染观众。

传承教学的意义

一、对泽熙的严肃

王泽熙是我来到黄梅戏学校后教的第一拨学生中的一个，也是跟我学习时间最长的一个学生。2007年，他13岁，是一个大大咧咧、整天嘻嘻哈哈的男孩，脸上有一股英气。我发现这孩子是一个学戏的好材料，尽管有些调皮，但是专业基础还不错。然而13岁的他却遇到了困境，他变声了。孩子不知道该如何更好地提高自己。为了能够凸显他的专业基本功，我私下给他开小灶，我们加二排练了传统戏《断桥》，冲击第12届中国少儿戏曲小梅花大赛的金奖。初次辅导学生参加大赛，我很忐忑，之前学校获得中国少儿戏曲小梅花大赛金奖的学生几乎都是女孩子。我很有压力，泽熙也很紧张。我牺牲了许多个休息日，在练功房里挥洒汗水。我对泽熙要求很严格，一个动作不到位，训练就不停止，尤其是动作与动作之间的韵律转化、气息的控制、眼神的到位处理，每一个细节都不放过。好在这孩子还算聪明，能够比较快地理解我的意思，还能很好地表现出来。最终泽熙没有让我失望，他获得了第12届中国少儿戏曲小梅花大赛的金奖。

记得2012年，我带泽熙参加全省小戏折子戏调演。我们两人带着服装、道具来到合肥，我希望泽熙不要有负担，要大胆地去试一试。毕竟这是和全省所有院团的演员一起比试，我挺紧张，这小子倒是虎头虎脑，一点不害怕。最终泽熙不负期望，

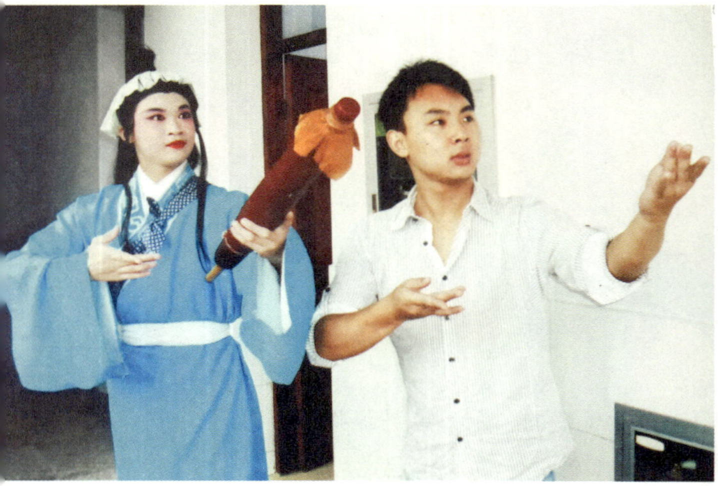

拿到了三等奖的好成绩。

“梅花香自苦寒来”，每一次的优异成绩都是需要付出汗水和努力的。那一个阶段我充满激情。为了更好地展现泽熙的专业技能，也希望能创作一些做工戏，我认真思考、观摩借鉴各个剧种优秀的折子戏片段，期待创作出适合年轻男演员全面展示技能的参赛剧目。我一刻都没有停歇，陆续移植了多部参赛折子戏，如《珍珠塔·跌雪》《白蛇传·断桥》《司文郎》《回十八》《周仁哭妻》等。每一个剧目的构思编排，都花去了我大量的时间，可我觉得值。在这些剧目的编排中，我不仅要考虑充分展现演员扎实过硬的程式技艺，更重要的是，融合黄梅戏的艺术表现形式，把其他剧种的优点化用在黄梅戏中。

这些原创的剧目给泽熙带来了一个个奖项，这孩子在不断学习中快速茁壮成长，中专毕业后考取了安庆师范大学，可他还是继续和我学习。随着泽熙年龄的增长和演出阅历的增加，我也调整、改变着对他的要求。我给予他一定的空间，让他自己去领悟角色的内心世界，学会从人物出发，学会在掌握好程式技艺的同时也表达好人物情感，达到体验与体现的完美结合。

后来泽熙走进安庆再芬艺术剧院，韩再芬院长非常爱才，也特别重视对青年演员的培养。她很喜欢泽熙，泽熙很快就成了再芬艺术剧院年轻一代中的优秀小生演员代表。剧院还为泽熙举办了第一个青年演员专场，当看到这孩子越来越成熟，可

以很好地在舞台上塑造角色时，我感到特别欣慰，也为他感到骄傲。我感觉自己这么多年对他的付出没有白费，期待泽熙在舞台上为观众们带来更多欢乐。

二、对马腾的呵护

马腾，江苏泰兴的一个喜欢唱越剧的小伙子，我从中国戏曲学院研究生毕业回校后，机缘巧合之下遇到了他。这小伙子文静、腼腆，长得很秀气，而且他越剧唱得不错。后来学校剧目课分组，他就来到了我的身边。

马腾在校期间参加过许多次大赛，我印象最深的是他在沈阳参加由文化部举办的第二届全国青少年戏曲比赛，这个比赛的平台和含金量毋庸置疑，说实话，我心里真的没底。那一次是和除了京剧、昆曲之外的所有剧种同台竞争，可不是开玩笑的。

马腾演出的剧目《断桥》《跌雪》都是从其他剧种改编、移植过来的，如果评委有

思维定式，然后拿原剧种作为评定标准，那我的展示就是无用的。好在马腾比赛时比较稳定，发挥出了他的最高水平。后来他参加“全国德艺双馨大赛”，也获得了好成绩。

2014年，我决定排演青春版《梁祝》。说实话，学校排戏比起院团排戏难度要大许多，但学校的根本宗旨是要培养人才，只有通过以赛促教、以赛促研、以赛促发展，才能拓宽戏曲表演的发展道路。对于三年级下学期的学生来说，要在一学期把大戏全部学完，他们既激动又很害怕。我安慰孩子们，只要有信心，肯吃苦，老师会带着他们一起完成排练任务。经过一个学期的辛苦努力，《梁祝》最终参加了黄梅戏展演周的演出，得到了社会、学院师生们的一致好评。

我有一次偶尔看电视，淮剧名家梁伟平对马腾饰演的《断桥》中的许仙给出了很多建议。我想这些经验和指导，在马腾今后的成长道路上会伴其左右。梁伟平说：“我看过无数个版本的《断桥》，马腾演出的黄梅戏是移植最好的一个版本，可以看出你的老师非常厉害！这个剧目今后可以成为黄梅戏小生教学中一个非常优秀的剧目，在传承中将会培养出更多的优秀学生。”

三、对文俊的“凶狠”

姜文俊是我带的所有学生中被我“打”得最多的一个。他来学校之前，据说在家

第一泉

乡怀宁县是个有点名气的小戏迷。石牌是怀宁一个古老的集镇,“无石不成班”说的就是这里,很多京剧名家都出自这里。我想着这孩子应该有点灵气。

可真当我给他说戏的时候,才发现这孩子只是唱的感觉还不错,身段接受能力还真是有点弱。没办法,我只有耐着性子一点一点去教他。我给他选择参加“小梅花大赛”的剧目是《白蛇传·塔恋》,这段表演需要很用心,要用自己的真情实感来表现许仙在雷峰塔前对白蛇的忏悔。排练时我一个字一个字地教,节奏、咬字、情绪、眼神等等,我总是啰唆个不停。文俊也很刻苦,终于获得了第19届中国少儿戏曲小梅花大赛的金奖。再后来,为了备战职业技能大赛,我为他开启了魔鬼训练模式,加班加点地排练,找出问题再一一解决。我带着文俊在海南参加中国剧协演出时,文俊说和我在一起很开心,我也是真把他当儿子看了。如今他已经长大,经常给我发信息,询问我的近况。孩子有一份感恩的心,对我而言,足矣。

四、对锦涛的“强压”

唐锦涛,我经常叫他“庐剧王子”,也希望他今后真的能成为“庐剧王子”。这孩子十分有个性,对我也很尊敬。记得他刚进校的时候是个小胖子,脸上肉嘟嘟的,模样一点也不出众,但是比较可爱,有点像我小时候。他学习上不是特别刻苦,却小脾气十足。记得一次早功,我让他多练几次技巧,他在墙角边喋喋不休,我上前狠狠地给他一脚,他还很不屑。我当然有办法治他,“过来,蛙跳、俯卧撑、仰卧起坐、跑步20圈”,这可不是简单的体罚,我要让他知道,做一个优秀的戏曲演员是一件多么不容易的事。我给他强压的同时,也很爱护他,课后我常常带他去校外吃饭,为他补充营养。

慢慢地,他开始发生转变了,对我的要求是百依百顺,我想或许是他懂事了,或许是我的强压和关爱感动他了。我带他去嵊州参加中国少儿戏曲小梅花大赛,他说想吃啥,我就出去给他买,那就是一种“父爱”。所以现在在电话、信息中他都是称呼我为“老爸”。

唐锦涛在学校的几年间成长很快,后来参加全国职业技能大赛,获得了三等奖。他们班创排了青春版庐剧《白蛇》,他饰演男一号许仙,他在那一段时间很用功,对自己严格要求,而且开始用心琢磨了。他喜欢看婺剧楼胜演的许仙,也想着去模仿。我告诉他要脚踏实地、严谨规范、用心用情地将许仙的形象展现好。在这一个版本的《断桥》中,我借鉴了婺剧、川剧、昆曲多个剧种的优秀之处,以期充分展示孩子们唱做俱佳的状态。这段戏难度极大,对许仙这个角色在表演上的要求极高。我告诉唐锦涛,除了将技术技巧展示到位,更要注意表演中情感“四度”(力度、速度、幅度、温度)的把握,要丝丝入扣、恰如其分地表现人物复杂的内心活动,将角色强烈的内心体验与扎实的外在体现融合好。如今这孩子已经毕业了,但是每年都要和我见几次面,有什么心事和专业上的困惑还是会和我诉说,我都不厌其烦地开导他,给他鼓劲加油。希望他能在剧院更快更好地成长,今后能成为真正的“庐剧王子”。

五、对李威的“温柔”

害羞内敛、话语不多是李威的性格。在学校这孩子我带得并不多,只和我学过一出戏。他上过我的角色创造课,我对他的印象并不深。一天,我收到一条很长的信息,李威在短信里向我表达了他内心的真实想法和他在学习中遇到的困惑,并请求跟随我学戏。我一贯注重学生的人品和家教,品行不好的学生我从来不带。通过了解,我发

现李威这孩子很懂事，对父母很孝顺，于是我答应了他的请求。

对于李威，我制订了一个系统的培养计划，先改掉其固有的毛病，重新给他“打地基”，从最基本的台步、圆场、水袖功学起。李威这孩子虽然有些木讷，却很勤奋，他会把我说过的话牢牢记在心里，我讲动作表情时，他总是一动不动、聚精会神地听着，我从动作的韵律把握、眼神的细腻处理、节奏的强弱控制，继而到气息的强调、情绪的提升，从力度、速度、幅度、温度四个方面来训练他。

经过一段时间的训练，李威进步很大。为了迎战2022年中国少儿戏曲小梅花大赛和文旅部“梨花杯”戏曲展演，我们师徒二人全力以赴，加班加点。没有排练场所，我就把我家的地下车库作为排练厅，很长一段时间我们都是在地下车库里度过的。经过全方位的打造，加上他的勤奋刻苦，这小子获得了2022年中国少儿戏曲小梅花大赛的金奖，并入选文旅部第四届“梨花杯”戏曲展示。地下车库里付出的辛勤汗水终于获得了回报。

这孩子最令我感动的是他很有心。我记忆深刻的一次是排练的第二天，我嗓子哑了，发不出一点声音，李威给我打了个电话，让我在楼下等他。不一会，这小子骑

车给我送来了冰糖银耳梨子羹，这是他在寝室里给我炖的。说实话，作为老师我内心很感动，学生在学好专业的同时懂得感恩，老师的付出就没有白费。尽管这孩子平时话语不多，但他知道勤能补拙的道理。他通过自己的努力，举一反三、活学活用。我相信，他的专业技能将很快得到提升。

从2007年至今，我教过的学生现在大都成了各个院团的业务骨干。在教学中我始终坚持传承，戏曲艺术的薪火相传，正是靠着一代代戏曲人孜孜不倦的传承来延续的。习近平总书记在党的二十大报告中指出："把马克思主义基本原理同中国具体实际相结合、同中华优秀传统文化相结合。"他在给中国戏曲学院师生的回信中说道："戏曲是中华文化的瑰宝，繁荣发展戏曲事业关键在人。坚定文化自信，弘扬优良传统，坚持守正创新，为传承中华优秀传统文化、建设社会主义文化强国做出新的更大的贡献。"我要努力践行总书记说的这些话语，通过对教学剧目的反复打磨，锤炼学生精湛的业务技能，为黄梅戏舞台培养更多优秀的戏曲小苗，传承好中华优秀戏曲文化。

教学中的反思

在戏曲高等职业教育中，中职阶段重在模仿，高职阶段重在创造。教师不仅要加强学生对传统戏曲程式技巧的掌握，更要加大学生对人物的理解，帮助学生分析角色，与人物内心情感有机结合在一起，找准人物形象的“种子”。

随着中国综合实力的不断提升，人们对精神文化的需求也与日俱增。被誉为“中国乡村音乐”的黄梅戏，在国家的大力扶持下，在自身的不懈努力下，历经时代大潮，依旧散发着独特的芳香。她曲调优美、通俗易懂、富有朝气、表现形式多样化，能适应各个年龄层次观众欣赏。如何培养素质高、专业棒、具有创新思维的新型复合型表演人才，是当下戏曲教育者们应该认真思考的问题。

一、戏曲教育师资水平不均衡

戏曲“以歌舞演故事”的本质要求戏曲具有高度的综合性、虚拟性、程式性。中国戏曲教育不论是旧式的科班，还是新式的戏曲院校，在长期的教学模式中，一贯以“口传心授”的方式进行传承(即模仿说)，未形成“化变”的过程。一成不变、按部就班是戏曲教育进程中存在的弊端。一些教师意识保守，没有从一个教育工作者的角度来对待新式戏曲教学。

如今各大戏曲院校从事戏曲表演教学的师资呈现出不均衡状态，表现为一种双轨并进的态势。一种老师是从院团调入学校从事教学工作的，他们是演员出身，舞台经验丰富，对舞台表演规律了然于胸，但缺乏教学的系统规范与科学性，以及

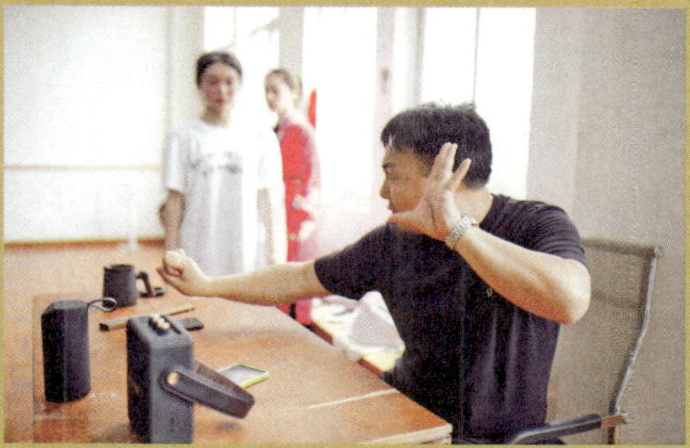

Butter

高等心理学、教育学等理论知识的支撑；另一种老师是从高等院校毕业的学生，他们经过系统的专业学习，初步掌握了教学的方式方法，但相对缺乏舞台演出实践，故而对成品剧目课的驾驭能力还有待提高。

二、课程内容陈旧、不合理

课程内容陈旧是指课程内容缺乏科学性、前沿性和国际性，因而滞后于学科发展。戏曲表演专业现今开设的课程，基本是沿袭20世纪50年代戏曲院校建校时的样式，缺乏新元素的融入。作为教师，如果一味沿袭旧有的学习套路与框架，是没有生命力的。要清楚知晓自身发展的现状，科学转变教学理念，在人才培养过程中探索独特的教学方法，敢于创造新内容，提高学生的学习兴趣，多方面、立体化地加入新鲜元素，丰富教学内容。

此外，戏曲表演专业课程量的安排也存在不合理现象。学习表演的学生今后走进院团，是要塑造人物形象的，这是实打实的事，不是纸上谈兵。诚然，各个学校须按教育部的文件安排课时量，但如能本着学以致用的原则，适当增加专业课的课时量，才会对学生今后成才起到事半功倍的效果。合理的课程设置是确保学生形成系统的知识结构和技能的重要途径。

三、学生自身的创新意识薄弱

想象力是创新的翅膀，是艺术进步的源泉。想象力的贫乏已成为阻碍学生创新能力培养的一个重要因素。表演专业学生的最薄弱环节，恰恰就是创新思维严重不足。他们缺乏独立思考、自由表达的习惯，仅仅善于模仿、再现。虽然戏曲有程式的框架结构，但仅仅掌握固定套路而没有创新意识，如何塑造丰富的人物形象呢？所以充分发挥学生的想象力，是高校戏曲教育工作者要面对的现实问题。一部分戏曲演员文化知识薄弱，院校有责任、有义务攻克难关，培养学生自由的意志、独立的人格，让他们具有质疑和辩论的信心。

新型复合型表演人才培养路径

一、人文新工匠：以人文课程培育人格，以工匠精神塑造品德

“艺术无界”，戏曲专业从根本上说属于人文学科，它不仅是“技”，而且更应表达“意”与“艺”；不仅传“形”，而且应传其“心”与“神”。艺术创造，核心是人；教育大业，核心也是人。戏曲职业教育，是以“人”为核心的事业，不仅需要纯熟的艺术技能，也需要细心、耐心、爱心和责任心，正直且不求回报的敬业精神，还应有勤于思考、灵活变通的创新精神。简而言之，“认真、专注”于职业，这就是“工匠精神”。在艺术人才培养的过程中，如果没有将“工匠精神”汇聚其中，那么，在今天这个商业化的社会里，学生就极易滋生出追名逐利、唯利是图的心理，这不仅会毁掉自己，也会污染整个艺术的环境。

戏曲是人类文化的一个重要组成部分，凝聚着浓厚的人文精神；而戏曲工作者既是优秀文化的传承者和弘扬者，又是精神食粮的创造者，其是否具有工匠精神直接关系到舞台呈现的效果。这就要求戏曲教学的参与者——老师与学生，都必须加强自身人文素质与工匠精神的修炼。进一步说，戏曲专业学生的精神强度如何，技能创新能力如何，人文与工匠品质如何，将直接影响文化强国战略的实施。

戏曲工作者的工匠精神直接影响到作品的演绎，与其今后取得的舞台成就成正比。作为戏曲教育工作者，必须更新教育理念，充分认识人文素质和二匠精神的内涵和重要性。戏曲教育工作者不仅要满足于教授学生人文知识，更重要的是培养

学生投入戏曲创作的匠心与吸收人文知识的能力，传授学生理解人文、专注匠心的路径和方法。人文素质和工匠精神的教育为专业教育提供基础，专业教育依托人文素质教育更好发展，人文与专业分别从不同的方面作用于艺术类学生的全面发展，给学生的全面、稳定发展以强有力的支持。

戏曲表演专业的学生对传统文化比较感兴趣，为此可以开设中国文学史、戏曲美学、诗词鉴赏等专业课程，增设古典舞身韵、角色创造、导表理论、经典剧目赏析等课程，通过跨学科课程知识，构建课程交叉融合的合理体系，改变过去单纯以是否符合传统为标准的课程体系观念，选择教学内容，优化课程结构，满足学生职业发展和艺术行业未来需求。丰富的知识是开拓学生视野、培养学生创造性思维的基础，也有利于培养学生的求异和发散思维。学生有了广博的知识，才能找出各艺术门类之间的相互联系，从中受到启发，产生感悟，生发新的观点与理论，在知识上达到新的高度。因此，艺术领域院校在抓好专业教学的同时，应采取多种措施加强艺术类学生的人文素养和工匠精神教育，使他们具备深厚的人文底蕴、纯粹的工匠精神，为文化大发展大繁荣培养德才兼备、锐意创新的戏曲文化艺术人才。

构建全过程、全方位的人文新工匠。艺术类学生的人文素质和工匠精神教育就是要结合艺术专业需要，使人类优秀的文化成果通过知识传授、环境熏陶，内化为艺术类学生的人格、气质、修养，成为相对稳定的内在品格。“立德树人”，教师应该当好学生健康成长的指导者和引路人，应该用自己的人格魅力、高尚的师德、广博的知识、崇高的精神和强烈的社会责任感等优秀的人文素养为学生树立学习的榜样。“工匠精神”的培育主体是学生，要注重教师的引导示范。以人为师，需要的是“人师”而非“经师”。教师不仅要着眼于传承技艺、素养，还要注重引导立足于专业的奉献、吃苦耐劳精神，加强学生的职业道德、社会责任感、团队合作精神和交流沟通的能力，充分发挥学生的主人翁意识，注重培养学生艺术与人格的双重魅力。

二、大艺术视野：从“通感”到精通，从文艺到技艺，构建艺术人才培养新理念

艺术院校和老师应当坚持以培养戏曲表演艺术人才为教育方向，开展立足于专业又不囿于专业视野的人才培养工作，以造就一大批服务于艺术和文化事业的表演人才，以培育黄梅戏表演人才为己任。面对教学中的困境，培养中的“瓶颈”，要意识到从事表演艺术类的学生要兼顾表演技能和人文素养的培养；面对戏曲市场的时代变化，要借助“新文科”理念的启发，构建“大艺术观”视野的戏曲表演教学体系，以美学为指引、以历史为资源、以文学为依托，即“不忘本来、吸收外来、面向未来”，实现文化转型。戏曲人才培养要出“精品”，出“效果”，在一定程度上就不得不突破“小艺术”思维，构建“大艺术”格局。

要努力革新表演人才培养的理念，表演学科要有“大艺术”格局，这亦是符合“新文科”建设的理念。要致力于打破学科壁垒，实现学科交叉融合互渗，尤其是表演学科与文化文学类课程的融合创新。开设校本课程，创新教学内容，将思政课程、传统文化课程等和表演专业课程融合，提升学生的人文素养、艺德水平，达到“盐溶于水”的效果。戏曲表演教育在本质上表现为：打破学科壁垒，从“通感”到精通，实现跨学科、多学科交叉融合发展，即表演技艺与文化艺术融合创新。因此，文化类基础教学在传授中华优秀传统文化知识技能外，侧重于文化素养、艺术涵养（含艺德）的融入渗透。如黄梅戏表演专业是以“唱念做打”专业技能为基础，构建“剧目”实践教学为核心的，融合知识、能力、素质培养的课程体系，文科类教师参与到课程思政建设和教学的方方面面，体现了从文艺到技艺的整体策略。

在教学方式创新上要做到融合专业基础、文化素养、艺术品位的大艺术视野，以跨学科的艺术视野和人文综合素质培养为理念、以立足专业的艺术视野拓展和艺术创新能力提升为导向。重点强调艺术通识和人文通识教育的理念，让学生有的放矢地进行艺术系统的自我构建，发展戏曲的编导演服务等专业之间共同的精神文化语言；同时因材施教，充分发掘学生的个性和发展潜力，扩展其人文和艺术视野，注重思想引领和智慧开启，树立其独立思想，增强其思辨能力与判断能力，引导和帮助其探索适合自我成长与发展的道路，培养艺术人才的人文关怀与社会责任感。

三、“订单式”衔接：从教学到职场，从学院到剧团，“订单合作”方兴未艾

“人才是第一资源。”通过“订单式”衔接，实现了提前介入、精准培养，不仅储备了专业剧团、文化企业等发展需要的戏曲专业人才，而且帮助院团搭建起合理化的文化人才梯队。学院致力于对接“定向培养”意愿的院团，也会着力选拔一批表演、编导、舞台服务等方向的优秀学生，建立“订单式”实习，争取更大的“订单”支持。

带着校企、校地更深层次合作的希望，我们提出了“学院融合剧团，剧团对接学院，产教融合”的发展思路，开展多领域、多形式的对接合作，实现教学、实习、就业的资源共享。借助产教对接合作，与相关院团达成初步合作，设立“订单班”，优先为相关院团提供人才支撑；加强校际交流，以解决教学资源不足和院团人才需求问题。戏曲专业主动牵好头，建立校企对接平台，为学校和相关院团提供良好的合作基础。简单地说，学院解决院团的人才问题，院团补充学院的教学力量，促进学院、院团和戏曲人才的共同发展。

当前，专业教学人员紧缺，院团演员梯队断层，只有校企合作，建立平台进行有

效衔接，聚焦于院团需求，专注于教学合作，才能够有效、精准地培养学生。院团要调整好自己的优质资源布局，不仅为学生提供实习场所，而且承担部分日常教学，成为学院专业教学的有力补充，与学院一起整合资源，相互弥补不足，有深度有广度地合作。同时，学院培养的"订单班"戏曲专业学生优先"供应"给合作院团，保证院团参与培养的优势人才不外流，形成一个良性的合作循环。

培养流程突破：从单一空间扩展到校企合作、校际交流的"订单式"衔接，教学空间从固定、单一的教室转向大舞台，将学生成长成才的空间从单纯地装台、合成、排练、演出阶段的"演出教学空间"，转向同时为不同表演类专业学生服务的"日常教学空间"。这种剧场中的日常教学也将不同专业方向的学生聚在一起，打破年级、专业的教学界限，让学生们共处于剧场这一日常教学空间之中，实现跨年级、跨专业学生间的融合互渗，将专业教学融入剧场空间之中，进而传递出表演中只可意会不可言传的诸多细节。此外，将学生的实习、实践置于社会各大剧院和企业之中，亦可让学生"真枪实弹"地感悟表演理念、熔炼表演技能。

四、一体化课程：设置宽松教学环境、改变教学理念、体系化授课建立

好的环境能够帮助学生塑造好的性格、好的思维。戏曲教学是小班模式，在教学过程中教师要动态地关注学生的反馈，关注学生个体的差异，加强师生之间的互动交流。要做学生的引导者，而不是将主观意志强加给学生。要让学生尽情发挥主观能动性，只有这样，学生的思维才能积极活跃，学生才会敢说想说。在创新思维培养的过程中，教师要敢于面对学生提出的问题，不能将其扼杀在摇篮之中。课堂上要大胆启发学生，引导他们质疑，鼓励他们以研究者和创造者的姿态去独立思考表演中的问题，让同学们共同分析讨论，敢于提出不同的观点，从而形成自主学习、自

由探索、师生互动、相互协作的良好学习氛围。

在教学过程中，教师必须迎难而上，敢于改变传授专业知识与实践能力培养脱节的现象，加强课堂教学的活跃性氛围，积极发挥学生学习创造的主体作用，深层次挖掘学生观察、分析、解决问题与独立思考、认知社会的能力，使学生在自我认识和自我实践中不断完善自我，更好地走入社会。教师要与时俱进，运用现代化教学手段，实现网络资源共享，通过大量艺术资料的欣赏，开拓学生的眼界，为其提供直观的艺术感受。深层次开发学生的创造性思维能力，使他们在今后的创作实践中活学活用、融会贯通。

在戏曲表演专业人才的培养过程中，要建立“以教学为核心、以实践为纽带、以科研探索为发展方向”的“教学—实践—科研”一体化的课程体系。要致力于提高学

科专业教师队伍建设，夯实“双师型”的师资队伍，坚持课程优化改革，加强与其他院校之间的交流合作。通过“引进来、走出去”的方式，聘请戏曲名家来校讲学，开展“传帮带”。鼓励教师攻读更高层次的学位，或输送优秀教师到办学经验丰富、实践教学有特色的学校去进修，切实提高教师教学水平，开阔教师视野，增进教师间的交流，转变教师的传统教育思想理念。

表演专业学生的能力，不仅仅体现在课堂上，更要展现在舞台上。通过多参加演出实践，可以促进学生在专业方面形成一定的研究能力和创新能力，实现“实践—理论—实践”的良性循环。院艺术团的成立，不仅配合了教师的课堂教学，而且为学生们提供了广阔的实践平台，既检验了教师的教学成果，又锻炼了学生的表演技能。各种校外的交流演出，既推广了黄梅戏艺术的传播，又扩大了学院的声誉和知名度。因此，以演代练，演出水平、演出成果成为表演专业实践教学的明显特点。作为培养黄梅戏艺术人才的高等艺术职业院校，尽管我们获得了众多奖项，但仍要牢牢树立敢于向前冲的意识，加大科研投入经费，加强科研创作态势，培养科研创新团队，走精品化课程教学模式道路，倡导创新性思维的推广，形成“人无我有、人有我优、人优我特、人特我精”的长期发展路线。

知识更新飞速化的今天，教师要具备广博的专业知识，不求做“名师”，起码要做“明师”。要不断充电，树立终身学习理念，拓展自己的知识体系，更新自身的知识结构，积极主动地投入教育革新实践中，努力探索教育教学的规律，运用科学的教学手段与方法实施教学，不断提高自身的教学质量和教学水平，注重培养学生的主人公精神，强化学生的人文素质修养，着眼于启发和加强学生创新性思维能力，鼓励学生的个性创造，争取培养出更多具有创新精神和实践能力的德艺双馨的戏曲表演人才。

感恩老教师

《天仙配》又名《七仙女下凡》《董永卖身》，是首部以电影形式呈现的黄梅戏。该剧讲述了玉皇大帝之七女不恋天宫繁华，因同情为葬父而卖身为奴的人间青年董永，私自下凡与其结为夫妻的爱情故事。七仙女一夜织得锦绢十匹，使董永三年长工期变为百日。百日期满，夫妻双双回家，憧憬美好生活。不料，玉帝令七仙女重返天庭，拆散了一段好姻缘。黄梅戏从名不见经传的地方小戏一跃成为全国五大剧种之一，这个过程中黄梅戏《天仙配》的推广与传播起到了巨大作用。1954年，在第一届华东地区戏曲观摩演出大会上，《天仙配》获得剧本一等奖、优秀演出奖、导演奖和音乐奖，可谓满载而归。

《槐荫记》根据黄梅戏《天仙配》而改编，上海电影制片厂摄制于1963年，由桑弧编剧，著名导演顾而已执导，董文霞老师和夏承平老师联袂主演。

何其有幸，董文霞老师能够带着我一起给学生排《路遇》。在排练中，董老师给予了我很多帮助。以下授课内容是董老师排戏时告诉我，我一字一字记录下来的，今天在教学中对我仍有很大的帮助，我想这就是戏曲中"传帮带"的力量。经典之所以能够长久流传，就在于无数前辈孜孜不倦的传承。今天我们说"守正创新"，守正就是要扎实地守护好戏曲的根，守护好戏曲前辈传承下来的知识宝藏。所以我感恩董文霞老师，感恩"传帮带"这种传承模式。

《路遇》一折是《天仙配》的"戏胆"，讲的是七仙女请出土地神做媒的故事。当董永诉说完自己的凄凉身世，七仙女倾诉了自己配婚之情时，经由土地神撮合，二人在槐荫树下结为夫妇。董永担忧上工后，七仙女会受到作践，七仙女以肺腑之言宽慰丈夫不要担忧。如何在经典剧目中做好角色的细腻刻画，如何理解潜台词、塑造好人物形象呢？以下片段是董文霞老师上课时讲述的要点。

(董)大姐，你三番两次拦阻于我，是何道理？

(在前段戏——董永《含悲忍泪》的唱段中，七仙女多次拦阻董永，虽然董永是个老实人，但因着急上工，所以也会有点生气：为什么总是拦阻于他？所以这句念白的语气要有一些埋怨的味道。)

(七)呀、呀、啐！自古道大路通天，各走各边，难道说你能走得，我连站都站不得吗？

(当七仙女听到董永的问话时，聪明、机智、聪慧的她，眼睛一亮，若有所思地想出了如何回答，并且找出一个合适的理由，让董永无法辩解。其实，说完这

段念白，七仙女自己都偷笑起来，这种可爱、活泼之感油然而生。此处须注意“说”字安庆方言的艺术化处理。）

（董）是呀，我能走得，她自然也能站得。大姐，请你行个方便让我过去吧。

（前一句充分说明了董永的憨厚、老实、本分，他能从别人的角度换位思考问题，觉得七仙女说的也有道理。后一句实际上是董永请求七仙女，因此语气要委婉。）

（七）如此，请！

（这句“请”字后面的潜台词是什么？其实是七仙女想到了阻止董永过去的方法，所以胸有成竹，说得很有底气。）

（董）请。大姐，你撞了我一膀。

（董永往前走的时候，七仙女用自己的肩膀乘其不备撞了董永一下，此刻董永蒙了，对方为什么要撞自己？而且撞得似乎还有些重，因此，董永语气中有一些生气的意味。）

（七）嗯——你肩背包裹，手拿雨伞，心中有事，慌里慌张，撞了我一膀，我都不怪你，你反怪我吗？

（七仙女看到董永生气的状态，大脑飞速运转，她要找出让董永信服的理由，边说边想，同时还倒打一耙。“事”和“慌”两个字的咬字处理要特别注意，同时注意“你”“我”两个字逻辑重音的强调。）

（董）我撞了她一膀，也未可知，大姐，我们再请！

（董永是个老实憨厚的农民，他压根不清楚面前这个美丽女子的真实想法，所以他真的以为是自己走路很莽撞，误撞了七仙女，故而还很客气地再次

与七仙女相请。)

(七)请!

(不过二次再请的时候,董永留了心眼,故意放慢了脚步,当看到七仙女朝自己撞来时,他赶紧往后躲闪,避免了七仙女的再次相撞。此刻七仙女猛抬头发现自己没有撞到董永,害羞地转身扭头躲闪。)

(董)大姐,到底是你撞了我,还是我撞了你呀?

(此刻董永念白语气中有了底气,他生气地质问七仙女,所以这句念白有一定的力度,同时要注意"你"和"我"两个字,两次逻辑重音的准确处理。)

(七)嗯——不管是你撞了我也好,还是我撞了你也好,我来问你,你可想过去?

(从这句念白中觉察出七仙女有点耍无赖的个性,七仙女就是不让董永过去,用现在时髦的话语分析,此时此刻七仙女有点野蛮女友的架势,就不让你走,你能怎么办?)

(董)我怎么不想过去?

(老实巴交的董永被逼急了,他生气地昂着头说。)

(七)你家住哪里?姓甚名谁?讲得清楚明白,我就让你过去。

(七仙女在天宫看到董永卖身葬父的孝举,十分钦佩,但她想获取董永更多的信息,所以强行堵住董永上工的道路。)

(董)你,咳!大姐呀。

(董永说不过七仙女,又看到时间已经很晚,再不走会耽误了去员外家上工的时间,故而选择了逃跑,可是他哪能逃得过聪明的七仙女呢?被七仙女挡得严严实实，始终没有逃出去。董永无奈、生气、烦躁、郁闷地喊出了叫板。）

我依稀记得董老师上课时给学生们分析这段戏的情景。她在教学过程中，不嫌麻烦，反复讲解，让学生真正弄懂了一段戏深层次的含义。上课时她十分细致，告诉学生念白是区分地方剧种最显著的标志，是塑造人物性格、创造角色的重要手段。在舞台上有着“千斤话白四两唱”的道理，因此，每一句念白的处理，包括念白的咬字、节奏、潜台词的挖掘等等，都要认真琢磨，要弄懂弄透。

此外，她还告诉学生们要注意表演的细节，尤其是每一个眼神的细节处理，要知道眼神表达的重要性，“失之毫厘，谬以千里”；要注意身段动作的韵律性，眼随手走、上下协调；要注意情绪表达的饱满性，喜怒哀乐由心而生；要仔细把握每一个人物的行动，因为只有通过人物的行动才能看出人物的性格。董老师说，“只有这样才能演好人物，演出观众喜爱的人物，才能达到事半功倍的效果”。

2018年导演大师班结业的那天，中午时分，我独自走在上海延安西路上。不经意间，前面一个老太太引起了我的注意，我定睛一看，竟然是董文霞老师。我好激动，飞奔过去，董老师也很激动，在上海这个国际大都市,偶遇的可能性多么小啊！董老师离开安庆回上海后,我俩虽有微信联系,但一晃五年多,一直未见。我们寒暄了许久,董老师非要我去她家吃饭。可是下午还有会议,我只能推辞了。临别之际,我告诉她下次来上海一定登门拜访。岂料上海的这一面竟成了永别,回到安庆没多久,我就得知董老师去世的消息。在董老师的遗体告别仪式上,我的泪水怎么也抑制不住,回想董老师在学校期间对我的关心和帮助,更是难过万分！

关于演员嗓音的几点思考

我在学院教学的10多年间，对于黄梅戏生行演员的培养有了一些自己的见解，我特别能够感受到演员嗓音训练、保护和与人物形象塑造的关联性，就这个话题我谈一点个人体会。

嗓音是戏曲演员塑造人物形象的工具。“唱、念、做、打”四功中，唱为表演艺术第一功，它既是表达人物思想情感的有力工具，又是区分各个地方剧种特征的主要标志，更是塑造人物形象不可或缺的重要手段。每个戏曲演员都期望能塑造好自己饰演的角色，都希望自己有一副动听悦耳的嗓子。嗓子好，本钱足，只是成功的基本条件。演员要想塑造好人物形象，必须从多方面努力，而基本功的扎实过硬首当其冲，因此只有勤学苦练、勤于思考、善学好问，才能保持好嗓音的状态，才能在舞台上塑造出被观众认可的艺术形象。

京剧大师梅兰芳提出的关于演员如何练嗓、保嗓、暖嗓的48字要诀，我认为非常值得戏曲演员认真领悟：“精神畅快、心气和平、饮食有节、寒暖当心、起居以时、劳逸结合、练嗓保嗓、都贵以恒、由低升高、量力而行、五音饱满、唱出剧情。”黄梅戏唱腔的风格韵味及演唱特点要求字与声、词与曲的结合自然亲切，声甜字美，感情真挚朴实、行腔婉转灵活，圆润细腻，字、气、声、情、味全面兼顾，方能体现出综合性的整体美，方能展现出演员表演的艺术魅力，方能在塑造角色时更加贴切地刻画好人物形象。

黄梅戏男唱腔的音域太高，最高音几乎与京剧小生的嘎调齐平，有时甚至超过了西洋歌剧男高音的音高。如此高的音区，本身就超越了演员声带的负荷，容易导致声音嘶哑，从而使演员在舞台上表演时瞻前顾后，即使身段表演都很到位，但一到高音就心惊胆战，生怕高音上不去，于是就扯嗓子叫喊，时间久了，声带自然会受到损伤。黄梅戏《天仙配》中王少舫老师饰演的董永，给观众留下了深刻的印象。他的演唱以情带声，声情并茂，演唱风格独树一帜、自成一派，他的表演朴实无华，细腻准确，深邃洗练。董永是典型的农民小生形象，他的性格老实、憨厚、善良，他的形象并未通过华丽的服装来凸显，也没有过多的身段动作来烘托，仅通过质朴的唱腔来展现人物形象。《互表身世》一段，董永的八句唱词道破了其悲苦凄凉的身世，表演此段时，演员不仅要充分考虑唱腔过门与音乐节奏的快慢，考虑人物情绪转变的过程，也要注意像“亡、棺、叹”等字的咬字问题。这样不仅突出了唱的逻辑重音，让观众感觉字正而不死，听起来自然和谐，更加深了对人物形象的细腻刻画，丰满了董永的人物形象。

在槐荫树开唱的那一段中，董永既惊奇又高兴，惊奇的是槐荫树怎么会对自己开口讲话，高兴的是遇上了一位美丽善良的女子要与自己结为夫妻。与此同时，董永考虑到自己的凄惨身世，不愿意连累他人，唱出了“虽说是天赐良缘莫迟疑”的感人唱段。朴实无华的唱词和优美动听的旋律，直接表现了董永的好心肠，这段戏恰如其分地表现出演员面部表情的转换。“艺术源于生活，又高于生活”，它是一种高品位、高水准的欣赏，如果毫无保留地表现在脸上，则会显得过分夸张与虚假，因此，面部表情的控制相当重要，要贴切地表现出沮丧、黯然、无奈的神情。演员在演唱中应当通过黄梅戏的平词唱腔和阴司腔来进行演绎，让观众随着音乐的高低起伏、唱腔的深情描述来感受董永与七仙女的挫折命运。而到《分别》一折，七仙女上天的时候，当董永放声悲痛地唱出“从空降下无情剑”时，演员已经演了前面几场长达两个小时的戏，此时声带已经相当疲劳，如果不能运用正确的方法，可能会出现无法预料的后果。可见，演员嗓音的训练保护，对人物形象的塑造起着多大作用。

真正想解决好嗓音的问题，看似简单，实则复杂。根据黄梅戏的唱腔特点和多在中低声区行腔的位置，我想黄梅戏生行可以采取真假声结合的方法去演唱。所谓真声，它的发声器官用力较大，负担很重，声带肌肉运动十分积极，不停地摩擦，易疲劳、损伤和病变。演唱中如果方法不当，就会出现声带拉紧、喉咙捏紧的情况，高音区更是如此。而采用假声演唱时，声带肌肉放松，既省事又不易损伤声带，但存在的问题却是声音尖细，缺少厚度。如果以“真声为主，略掺假声，真假声结合”的方法来演唱黄梅戏，那听到的效果就是“真中有假，假中有真，如同真声，真假难分”。在这一点上，胡世秀老师提出的“高音区用贴气”的方法比较实用。所谓“贴气”就是提气和就气的结合，就像咳嗽或喊人的感觉，音域越宽，幅度越大，贴气就越迅速，这样在高音区的控制就会比较稳当。同时，还要注意与咬字、归音、行腔韵味的紧密联系，只有这样，真假声结合才算完美。在吸收真假嗓结合的方法的基础上，我觉得还可以借鉴京剧老生的唱法和民族唱法，因为京剧老生的唱法成熟又科学，优秀的民族唱法要求声音宽广明亮，有穿透力，圆润甜美，持久耐唱，轻松自如，这两者都是黄梅戏演唱所需要的。如果能将两者融合，再加上黄梅戏独特的地方韵味，就能使黄梅戏声腔面目焕然一新，演唱水平自然不断提高，那么演员塑造角色、刻画人物的能力也将有极大的提升。

塑造角色是演员无论何时都必须认真考虑的，但对于学习戏曲的低年级学生来说，迫在眉睫的问题则是保护他们变声期的嗓音。生理学家认为：在变声期内，由于喉咙发声器官正在迅速生长，如果长时间吊嗓唱高调，就会使柔嫩、脆弱的声带受到严重损伤，造成声带粗糙、松弛与声音嘶哑等许多后果。俗话说，“话过千言，不言则伤”，这就要求在变声期内随时随地都要保护嗓子。要注意休息，生活要有节制，不要食用刺激性的食物，特别要注意，由于变声期嗓音的特定高度，就更不要硬练高音，不要大喊大叫，不要在疲乏时仍用力去演唱，即使在演唱中也要逐步上调门，要学会偷气。可先用钢琴开声练习，然后转调演唱，低4度，可由♭E降到B，可把唱段由B下降到A，切不可声嘶力竭地乱拔高音，这样只会事倍功半，给嗓子带来毁灭性伤害。只有循序渐进、脚踏实地，懂得“冰冻三尺，非一日之寒”的道理，不产生抱怨心态而勤加练习，树立信心，变声期的嗓子才会得到很好的保护，嗓音才能永葆青春。不过，在变声期的训练过程中，更应注重传统程式技艺的学习，加强对文化理论知识的掌握，加深对人物形象的理解与感悟。

如果演员想让自己的嗓子更富有表现力，更有特色，在高音区真假声结合和吸收民族唱法以及在变声期适当运用共鸣也是非常可取的方法。共鸣是润色声腔的手段，它分为“口腔、头腔、胸腔、咽腔”等，并且每种共鸣都有其独特的发音位置，声音的立体和声线都要与气息相关。“宁唱一条线，勿唱一大片”的要领，也正说明演员要加强基本功的训练。在剧场演出时，即使是在没有话筒的简陋舞台上，依旧能让最后一排的观众听得清楚明白。中国戏曲学院著名戏曲声乐教育家蔡英莲教授指出：共鸣就是过滤杂音，美化音色，增大音量，使润腔中能加强演唱的艺术感染力，并且减轻声带负担延长舞台青春。蔡英莲教授形象地把口腔比作1楼，鼻腔是2楼，头腔是3楼，3楼还有套间，前头腔是外屋，后头腔是内屋，胸腔低音就是地下室。高音共鸣点一定要爬到3楼顶层才算是润色到位，声线传送出去，才是终点。

我自2007年来到安徽黄梅戏艺术职业学院工作，十多年来，获得了一系列奖项，如全国百名戏曲优秀专兼职教师、文化部优秀指导教师、安徽省教学名师、安庆市青年英才、安庆市优秀教师等。我虽不是安庆人，但在学校的十多年里，我要感谢李梅青、朱学清、方宝玲、董学勤、何晓华等一批老教师对我的关爱和帮助，他们让我在教学中有了标杆，他们的专业技能、师德师风都值得我永远学习，我很庆幸在我从青年向中年转变的过程中有了他们的帮助。如今，步入中年的我也开始指导青年教师，给予他们专业学习上的帮助，让现今的年轻教师也快速地成长起来。我想这不就是戏曲的优良传统“传帮带”的传承吗？戏曲人才的培养不正是由一代代优秀的教师来完成的吗？懂得感恩，做一个名师，更要做一个明师。

安徽黄梅戏艺术职业学院

导演篇

导演的职能：解释者、镜子、组织者。

导演的目标：在自己这个时代，运用戏剧这个工具，创造具有永恒价值的作品。

《千金诺》

——典型人物形象的塑造

《千金诺》是我艺术硕士MFA毕业作品，也是我独立执导的第一部小型舞台艺术作品。我特别珍惜研究生阶段来之不易的两年学习时光。在这段时间里，我系统地梳理了戏曲导演专业方方面面的专业知识，对导演这一职业有了更加透彻的认知与了解，也全面提升了自己的专业技能，尤其是对舞美灯光设计、东方戏剧、戏曲电影和戏曲美学等方面的知识有了更深入的了解。

“以歌舞演故事”是戏曲的本质。中国戏曲“无声不歌，无动不舞”的特点，注定歌和舞都是技术性很强的表现形式。

《千金诺》是一出新编黄梅小戏。该剧描写了清末名妓赛金花对已逝丈夫洪钧(同治年间状元)许下的千金承诺，叙述了赛金花与女儿相见却不能相认的故事。全剧展现出人物内心复杂的矛盾冲突，彰显出作为女人、妻子、母亲，其内心深处强烈的情感纠结，反衬出特定的历史年代中传奇女子赛金花的坎坷命运。

通过黄梅戏的艺术表现形式来塑造赛金花的人物形象，是我导演《千金诺》的重点。首先，在唱腔音乐的运用上，我进行了细致研究。唱腔音乐中蕴含着一个地域、一个时期的审美意识，必须保持自己的独特风貌。剧种风格特色是地域文化的标志，各个剧种之间的区别就是声腔和语言艺术。由于它们产生、发展的历史时代、

地理环境、文化环境、民情习俗和艺术渊源不同，各个剧种都有自己独特的板式和唱腔润色规律。戏曲演唱是塑造人物性格的重要手段，唱腔处理得好，能把人物的情感变化表达得淋漓尽致。

《千金诺》一剧中共设置了五段唱腔和一段描写音乐，能否处理好各段唱腔之间的过渡与分配，是排好这出戏的关键。小戏一开场，我设计成在开场过门音乐中慢慢开幕，将两处定点光分别铺排在坟墓和枯树上，用冷色光铺在地面的落叶上，形成凄凉的环境氛围，让观众渐渐走进剧情。营造足舞台气氛之后，再施以未见其人、先闻其声的办法，让赛金花幕后叫板“夫君”，再背身从侧幕跑出，走到5点位置，转身第一次亮相。

开唱第一句“没有那三牲祭品坟前摆”，唱腔设计不用过门，念完叫板直接开唱，表达出赛金花看到坟墓后的激动情绪，字字铿锵，饱含深情。这段唱腔属于平词。短短20句唱词，不仅要唱出词的表面含义，唱出赛金花思想感情的变化，更要唱出她充满传奇色彩的前半生经历，让观众通过一段唱腔了解规定情境和环境气氛，知晓赛金花清晰的舞台行动。第二段可谓催人泪下，不管是演员还是观众，都为赛金花这个人物而感动。作为母亲，她想认下女儿，可她意识到自己的社会身份会给女儿造成不好的影响，思前想后，最终选择了隐姓埋名、漂泊他乡。不认自己的女儿，这是一个多么艰难的决定啊！此处唱腔旋律平缓，中间进行了哭腔的装饰音，并且利用唱词的变化和唱腔板式的层层推进，力求表现赛金花的艰难抉择。

戏曲的唱腔音乐，一定要刻画出典型人物形象及性格。剧中赛金花故意找话题安慰女儿德官时，自己内心正在饱受煎熬，心里滴着滚烫的热泪。作为母亲，她何尝不想上前抓住女儿的手，抚摸女儿的头？演员不仅要在情绪表现上达到一定深度，还要使唱腔体现剧中人的性格特征，以及表现戏剧情感的冲突。本段是该剧的核心唱段，唱词段落前后分明，充分揭示了赛金花的内心流程，通过唱腔把赛金花复杂的心理情绪一层层地剥离出来，成为她情感抒发的重要手段。在板式结构上也要从整体上进行把握，采取了慢—快—慢的处理方式，使得演员能饱含深情地一气呵成。其实，演唱所表现的不仅仅是唱词表层的含义，更是唱词深层的潜台词，演员运用一系列演唱技巧，将角色语言行动的真实动机强烈而鲜明地传达给观众，使角色的语言更具有穿透力。所以，这种处理细腻、准确、科学地揭示了赛金花内心情感的起伏，成为刻画她人物形象的基石。

其次，导演的构思着眼于布局和表现情节故事的整体。人物形象的塑造必须考虑到演员某些特长技术的展现。因此，设计典型动作就是我导演《千金诺》的第二个手法。通过典型性格动作的设计来展现人物形象，凸显赛金花这个女人的爱、恨、情。因为舞台上的典型动作是激发观众情绪最迅速、最有力的手段。一个轻轻的抚碑动作，体现出赛金花对丈夫的爱意和思念，能让观众感受到赛金花与洪钧的深情厚谊。我把抚碑动作设计为开场与结束前后呼应，同为抚碑，但表达的意境不同。前者，赛金花作为女囚，刚从大牢中出来，孤苦伶仃地来到坟前，看到丈夫的坟墓，心中的苦水顷刻间就倾倒出来，故而此处的抚摸幅度要大，演员在哭泣声和颤抖的双手的衬托下，像抚摸丈夫宽厚的臂膀一样抚摸着石碑。结束时赛金花守住承诺，最终未与亲生女儿相认。别离之际看到墓碑，在凄凉幽怨的背景音乐的衬托下，她蹲下一字一字抚摸碑文，意在与丈夫作最终告别，别无他念，心灰意冷。这是赛金花对自己今后的道路做出新的选择。所以，通过两次抚碑，将赛金花的人物性格形象地刻画了出来。人去楼空、人去心死，当赛金花下定决心离开伤心之地的时候，我并未让人物直接下场，而是与开场扫墓相呼应，让赛金花再次走到坟前，轻轻抚摸墓碑上的铭文，表明自己在与墓主人作最后告别，抛却之前的所有心事。但此刻的怀念之情、两人间的夫妻之情，在背景音乐的衬托下越发让人伤感。

从人物性格出发，是导演构思典型动作的基础。赛金花上场，在凛冽的寒风中寻找丈夫的坟墓。当她发现坟墓时，我的处理并不是让人物简单地走到坟墓前，而

是通过戏曲程式动作跪磋来展现，让她一步一挪地跪倒在丈夫坟前。每挪一步，都似乎在告诉观众赛金花对丈夫的真情实意；每跪一次，都是发自人物内心深处的呼喊。当赛金花说出“有道是一诺千金重呀”这句念白时，舞台的艺术处理仅是戏曲程式动作的一个单指，但这一指的分量和含义却是深重的。作为母亲，她的内心何尝不想与自己的亲生女儿相认？可一诺千金重，她掷地有声、铿锵有力地告诉观众，无论何时何地，人都应该以诚信为本。

当赛金花第一次与德官碰面时，德官感觉与赛金花似曾相识，想上前仔细打量她的时候，我设计了“推磨”动作。一个“推磨”既能表现两种人物不同的身份，也能体现人间真情。“推磨”动作的设计将赛金花的心理状况淋漓尽致地表现了出来，想和女儿相认的心理和怕被女儿认出的心理是相互矛盾的，在“推磨”中使观众联想到母亲对女儿的爱，从十月怀胎到牙牙学语，母女之情何其深厚。赛金花心如刀割，看到女儿，泪水不由自主地洒落下来。其实，戏曲表演中的做功较之抒情演唱，更能够表现人物在戏剧情节中的行为，展示人物的身份、心理和性格，更具有戏剧性。

在小戏的结尾，我力求创造独特的导演语汇来丰富人物形象。我改变了传统演员下场后切光的形式，替换了传统的简单谢幕，改用定点造型，让灯光说话。洪贵与大小姐再次上场时，运用三处定点光并摆以造型的方式，使人物具有雕塑感，既是对前面上场人物形象的回顾，又是一种新的表达。当三处定点光全亮之后，我设计让洪贵与大小姐原地不动，赛金花转身慢慢地走向天幕，通过挖掘情感高潮的层次递进来塑造人物形象。天幕光慢慢推亮。实际上，我感觉光的呈现此时正是赛金花内心的表白，她带着遗憾，带着愧疚，带着伤感，走向前方。不管前面的道路是如何崎岖，但坚贞的信念在这个典型人物身上显得越发清晰。作为一个心强命不强的女人,作为一个具有状元夫人与清末名妓双重身份的女人,作为一个出访过欧洲、会一口流利外语与三次失败婚姻的女人,她的所作所为带有特定的历史痕迹。作为女人、作为妻子、作为母亲,她的一生注定是悲惨的。用灯光表现赛金花的归宿,用灯光展现一个人的灵魂,可以让观众产生遐想,来找寻赛金花的命运归宿。

“麻雀虽小,五脏俱全。”小戏虽只有半个小时,但在创作中,我深感不论是保持本土特色还是设计典型动作,创造导演语汇,最终目的还是要塑造典型的人物形象,让观众得到心灵上的满足。作为导演,只有牢牢抓住地方剧种的“根”,找到地方剧种所拥有的独特表现形式,才能将一部艺术作品完美地呈现出来。

感恩生命中的引路人

——导演作品《卖扇》

我与再芬剧院的合作是从黄梅戏作品《卖扇》开始的，我要感谢韩再芬院长，是她带我走上了导演这条道路，是她为我提供了创作舞台。

韩再芬，现任安庆再芬黄梅艺术剧院院长、安庆师范大学黄梅剧艺术学院院长、第十三届全国人民代表大会代表、中国戏剧家协会副主席、安徽省文联副主席、安徽省戏剧家协会主席、安庆市文联主席、国家级非物质文化遗产项目代表性传承人、全国劳动模范、全国三八红旗手，享受“国务院特殊津贴”，黄梅戏领域首个“二度”梅花奖获得者。

我和编剧王训怀老师的第一次合作源于《卖扇》。2012年，安徽省文化厅要举办小戏折子戏调演，韩再芬院长请我给再芬剧院的李俊老师打造一部小戏作品，院里一共给出了三个剧本。经过认真思考与分析，我最终选定了《卖扇》这部小戏。

拿到剧本的第一时间，我首先认真阅读，感到这部作品应该可以打开我自由创作的空间。我此前和王训怀老师素不相识，对剧本的修改调整都是通过电话来进行的。王老师住在上海，她为人非常谦和，讲话非常有涵养，她认真听取了我对剧本的调整思路。我希望一个传统文本在二度创作中能够呈现出不一样的艺术特色，表现出和当下紧密联系、与时俱进的内容，于是我大刀阔斧地对剧本进行了修改，在原有剧本中增加了许多现代词语，将现代人的理念融入剧本之中，同时通过一把把扇子将所有故事情节立体化呈现，运用跳进跳出的间离效果，充分发挥戏曲假定性的艺术魅力。最终，导演本修改之后更加适合演员表演，提升了舞台的整体艺术效果。

在二度创作呈现上，我也有许多自己的设想，比如大胆运用荧光粉。当灯未启时，透过二道纱幕可以看见舞台上方悬挂着若干把大小、造型不一的扇子。在扇子的四周轮廓撒上荧光粉来呈现扇子的形状。扇子采用几何立体造型，传达一种抽象的感觉，有的看见整个扇骨，有的看见扇面，有的看见扇子的两边大骨，还有的可以看见整个扇子的轮廓。扇子形状造型各异，摆放位置也是歪斜的，以摆脱中规中矩之感。同时在舞台台口处再悬挂三把扇子连体造型的组合，上写“御扇坊”三个大字。舞台纱幕前方放置一块大屏风，屏风时而分开，时而合一，既便于舞台流动，显得简洁大方，又能丰富演员的舞台调度。屏风正面写着“御贡名扇、文豪墨宝”八个大字。所有字在舞台光暗的时候能通过荧光粉体现出来，在舞台光亮的时候则只能看见黑色的楷体大字，字体歪歪斜斜，似有嘲讽意味。当主人公中状元时，屏风还需进行转动，以表现中状元前后的环境变化。

我把我所有的想法都与王老师进行了深入沟通,王老师的思维非常超前,她接受了我的修改建议,没有因为我年纪轻、资历浅就否定我的想法,反而非常支持我。我想这应该就是一位值得尊敬的老师的人品和艺术魅力所在!

2012年底在马鞍山举办的全省小戏调演中,该剧获得了编剧一等奖、优秀导演奖(导演只设优秀奖),导演风格也得到了评委专家的一致肯定。我真心感谢韩院长、王老师和为《卖扇》剧组付出努力的所有老师。

而立之年的处女作

——《相思扣》

30岁去导演话剧、音乐剧是被人认可的，而戏曲舞台上似乎有这么一个惯常现象，戏曲导演去院团导戏，起码要50岁以上，不然别人可能不信服你。诚然，戏曲艺术博大精深，戏曲导演需要掌握的知识太多，但这并不意味着年轻导演在艺术创作中就没有自己的优势。戏曲的发展离不开具有创新思维的年轻导演的参与，机会总是留给有准备的人，现在这个机会就来到了我的身边。

《相思扣》这部作品开启了我的导演生涯，是我从教师转型导演后的第一部大型舞台艺术作品，于我有不寻常的意义。为弘扬民族文化，传承黄梅戏文化遗产，安徽省文化厅自2010年开始，从36部传统大戏中整理、发掘10部戏重新排演。2013年，第4部《相思扣》正式上马，王训怀老师便是该剧的编剧。在推荐导演的时候，王老师向时任文化厅副厅长、黄梅戏基金会会长肖桂兰推荐了我。后来得知，当时向省厅推荐的导演有不少，可王训怀老师向肖厅长力荐我，说我是一个不可多得的爱学习爱进步的年轻导演，有自己的想法。肖厅长说："王训怀推荐的人一定是可以的，那就让小胡试试吧。"后来我与肖厅长见面时，肖厅长望了我许久，说："我只知道小胡很年轻，没想到看到本人，实在是太年轻。好好排，不要有压力，要有信心，王老师不会看错，我也不会看错！"肖厅长这番鼓励的话语是我之后创作的不竭动力。

后来，我与黄梅戏基金会的几位老师见面，他们对我非常肯定。有了他们的支持，我感觉在导演创作的路途上，自己可以迈开脚步去攀登。受省文化厅、省黄梅戏

茶

明鏡高懸
肃静

发展基金会委托，我应邀到潜山市（当年还叫潜山县）黄梅戏剧团执导《相思扣》。

一、开排中的点滴回忆

做了大量扎实的案头工作后，终于迎来了《相思扣》开排的日子。我第一天走进剧团，就感受到了大家的热情，大家很欢迎这么一位年轻的导演来与他们一起创作。尤其是剧团的几位年轻演员，都是我带过的学生，有些我还当过他们的班主任，所以在排练中没有任何的陌生感。我给大家做了详尽的导演阐述，告诉大家最终的舞台呈现样式。

那年的夏天特别热，剧团老旧的排练厅里，大家每排练一场都挥汗如雨。为此剧团买来两台大电扇，一开起来真是热浪滚滚！我印象最深的是女一号陈晓玲。晓玲比我略长几岁，我们在一起创作时非常快乐，她给我的感觉就是两个字——刻苦。剧中第四场“心急如火赶路程”一段中，需要演员一气呵成，完成12分钟的大段表演。这段表演不仅考验着演员对唱腔、身段的精细处理，更考验着一个女演员的体力。在将近40℃的剧场里，我一个动作一个动作地给晓玲讲解，她一遍遍地反复练习，每次都是感觉实在坚持不了了，才会休息一下。我从内心深处佩服这样的基层演员，为她点赞！天太

热了，每天排练我都要换几次衣服，但看到团里每一个演员对艺术执着的劲头，作为导演的我，再累再苦也是值得的。除了晓玲，像汪卫国、吴强龙、戢东这些演员，也都是我在创作中的好伙伴，大家齐心协力，都想把这部作品打造好。

黄梅戏《相思扣》改编自传统剧目《乌金记》，讲述的是发生在清朝安徽桐城的一桩轰动一时的冤案。桐城富豪王员外嫁女时陪赠全副嫁妆，另有乌金四块、玉镯一双。但洞房花烛夜当晚，新郎李义春被杀。桐城县官陈林刚愎自用，他确信是新娘王桂英和教书先生周明月通奸，合伙杀死了李义春。周明月屈打成招，被打入死牢。周明月在监中写下书信，其妻陈氏千里迢迢来南京下书求吴天寿帮助。但因陈氏救夫心切，她竟然在南京总督府鼓架上系颈而亡。吴天寿闯入总督府大堂，与总督大人张伯林对簿公堂……最终将强盗雷龙抓获并斩首。

原剧《乌金记》的重头戏在陈氏下书、吴天寿唆使陈氏舍命救夫、他挟尸逼迫南京总督翻案。相对于原有的故事情节，此次排练的剧本

茶
酒

囍

所承载的艺术价值更高，不论是对主题思想的重新开掘，还是对戏剧情节的设置、对人物形象的塑造，都进行了全方位的修改甚至颠覆。

首先，我们将剧名由《乌金记》改为《相思扣》。在导演构思中，我力求通过各种错综复杂的矛盾冲突，将人物命运交织在一起，淡化人物形象的“高、大、全”，以一个个鲜活的人物形象打动观众，引发观众的强烈共鸣，而不是对观众进行冷冰冰的说教。在二度创作中，我力求将思想性与时代性相融合，所表达的内容同今日生活有紧密联系，彰显为百姓办实事的为官者形象。通过剧中男一号陈廉的“错判”与“翻案”来引人深思当下官员该以何种形象出现在公众面前、为官的目的究竟是什么，以及为官者犯错之后能否知错就改等一系列问题。陈廉的“自省”是全剧的点睛之处，在“纠错”的过程中，人物的内心始终处在复杂的情境里，这种处理不但没有损害人物形象，反而使全剧的主题思想得以升华，人物形象更加丰满，现实意义更加彰显。

我想,《相思扣》应该是一部值得当下观众深思的戏曲,一部描述为官之道、人性善恶的戏曲,更是一部气势恢宏、处处彰显情意、感人肺腑的戏曲。全剧给人的感觉应是严肃而不沉重、深刻而不教条、传统而不陈旧。它的总体创作原则是现实主义与浪漫主义结合。作为年轻导演,必须把握剧中的精神内涵及美学原则,并用舞台形象生动、艺术地加以诠释。在二度创作中,必须转变导演创作思维,努力开掘深层次的内涵价值,联系当下、贴近生活、关注时代,遵循中国戏曲本体原则,发挥黄梅戏清新质朴的个性化特色,塑造活生生的人物形象。要改变传统戏旧的表现形式,充分运用当代“灯服道效化”,立体化展现艺术的美感,避免“话剧加唱”样式,将戏曲“以歌舞演故事”的本质展现出来。必须牢牢把握“以情感人”的原则,要将唯美的意境传达清晰,将戏的抒情性展现全面,表达人性的美丑、人心的善恶。

简洁、洗练、空灵是中国戏曲舞台美术的精神,在传统戏中应坚定不移地遵循这一美学原则。《相思扣》的舞台画面应给人以唯美、素雅之感,整个视觉形象要具有“诗情画意”的意境和韵味。在舞台美术的运用上充分体现舞台艺术的假定性,舞台美术造型参考苏州园林的空间结构去安排,用瘦、漏、透的方法塑造环境,造型简单且易于表现意境。全剧场与场之间不闭幕,仅通过四块活动景片的移动来展现全剧的各个场景。活动景片的面积有大小、主次之别,活动景片移动能够为表演提供多方位、多支点、多线路、多造型的场面调度空间,通过活动景片来回推移,配以灯光艺术效果,可以使舞台更加灵动。通过与灯光、音乐等部门配合密切,观众受到的视觉冲击力会更加强烈,就像音乐中的高低音一样,整个舞台美术的层次感就体现了出来。

第三场戏的梦境部分,是全剧中最能体现黄梅戏唯美之感的地方,有独特的意

境。舞台背景以星空幕为主体。在这场梦境中，舞蹈演员身挂造型各异、颜色不一的相思扣，陈秀娘、周明月也拿着一对别致的相思扣，演员服饰上绘有与相思扣样式接近的花纹或图样，与星空幕背景融为一体，真的是把“相思扣”用到了极致，在观众的脑海中留下了不可磨灭的印象。而且通过相思扣这个特殊道具的点缀与变化，表现出了特定的意境场面，人景合一、情景交融，人物的艺术形象塑造达到了极致。

舞台空间是需要全方位经营的，灯光的总体形象应与戏的主题思想和风格样式保持统一。《相思扣》一剧在灯光的表现手法上要想有新意，灯光的强弱、冷暖，甚至切光的速度、追光的大小都必须精确。灯光设计要给观众造成视觉上的冲击力，我要求强化灯光的表现作用，改变传统戏中使用的照明光，除了完美地体现布景环境以外，还要用不同的色彩照明来体现不同的情境，着力渲染和呈现戏中的情绪色彩，立体地揭示戏剧环境和人物心境，使灯光进入人物的内心世界，成为人物内在情感的外化。尤其是第六场，重点通过对灯光的巧妙处理来外化、表现人物的潜意识状态，并与舞台美术产生互动，强化灯光的舞台表现作用，使灯光效果意味浓重、形象鲜明、意境深远。要由繁化简，运用假定性手法的表达，给灯光留出空间，让舞台透气。类似中国画“留白”手法，给观众多一些遐想空间，形成溪水流动的感觉，让灯光尽情“说话”。要在继承戏曲时空自由特长的基础上，利用现代化灯光技术手段与演员的表演进行强有力的结合，迅速转换时空，加快演出节奏。

全剧人物在服饰上要体现淡雅、肃静的特点，要有个性化展现。我对服饰的考虑是，以丝绸质地制作的服饰具有较好的通透感，以明朝样式为主基调，加以时尚元素的融合，根据人物个性色彩准确确定样式，头饰区别于传统戏的盔头，要有个性化设计。《相思扣》服饰与造型大体分为两种：主要角色的服饰要突出典型个性

告示

紫氣東來

化，服饰色调以亮色为主；群众演员的服饰要符合戏曲载歌载舞的要求，便于舞动。要注重整体统一性和装饰感，例如第一场群众演员的服饰就要接近生活的再现，色彩明亮喜庆。第三场舞蹈演员的服装色彩，可以借用水墨画的泼墨色彩，洁净素雅，以黑、灰、白为主基调，中间点缀桃红色装饰花纹。或主色调选用粉色，配以绿色的柳条，形成春意盎然的感觉。在头饰上，可将相思扣改变造型，成为一种头饰，插在女子的发髻之间，与服饰的整体风格相配。在演员服装设计上用母子扣挂配饰，相思扣的头和穗子部位结构一样，中间部分造型不一，有圆形、菱形、蝴蝶花形等各种造型，但颜色不要趋于统一。

《相思扣》全剧的舞蹈语汇，将成为整个舞台演出中十分重要的视觉语言，充分体现了戏曲“歌舞演故事”的本质。全剧主要有第一场的迎亲舞、第三场的梦幻舞和第四场的鼓吏舞。迎亲舞要强化喜庆场面，通过队形的变化，把生活中的迎亲场面再现在舞台上，对生活进行艺术创造性的提炼和加工，舞蹈动作上要有力度与激情，可以增加小孩子的表演，烘托整个画面的喜悦氛围。梦幻舞中的舞蹈演员要与主角陈秀娘和周明月的表演融为一体，演员时而参与其间表演，时而作为移动支点，时而作为固定的造型，加深了舞台的纵深调度。而鼓吏舞更是要把鼓吏们诙谐幽默的性格通过舞蹈动作展现出来。此外，戏曲身段设计也是该戏的一个亮点，《红烛摇》《心急如火》《那一年》《纠错难》等唱腔的戏曲身段都经过了精心设计，同时该戏中刺杀设计、抢鼓槌设计，也力求完美，成为点睛之处。

二、导演《相思扣》的创作感受

在戏剧艺术大发展大繁荣的今天，导演这个特殊的职位显得尤为突出。导演作为一部剧作的领航人，他自身的文化修养、艺术情操的高低，直接决定着艺术作品水准的高低，他的艺术思想与价值理念将引领作品的最终走向。导演的宗旨是要塑造出完整的舞台艺术形象,导演的艺术个性与独特魅力,决定着一出剧目的综合实力,决定着这出剧目将来在舞台上呈现时的戏剧走向、人文情怀、价值观念。因此,这就要求导演本人必须不断提高自身素养,开拓艺术眼界,体悟艺术真谛,贴近百姓生活。

纵观戏曲艺术发展的历史轨迹,在不同时期的表现形式都不可避免地存在各种差异,因此,导演发挥的作用也有所区别。譬如观众在观看传统戏、新编历史剧和现代戏时,切身感受就截然不同。传统戏形式大于内容,表现重于体验,表露多于含蓄。而新编历史剧、现代戏则是内容大于形式,注重的是作品本身的艺术价值与影响力。在传统戏当中导演施展才能的空间有限,它有一定的程式规范、表演套路和剧情模式,观众看传统戏主要是看演员的表演,这印证了戏曲"以表演艺术为中心"的道理,也充分证明了中国古典戏曲的演剧形式是世界上最为完美的演出形式,中国戏曲演员是世界上最优秀、最高雅的艺术家。千百年来,尽管戏曲艺术的演出场所不断变化,从瓦舍勾栏到都市剧院,但传统戏在艺术的审美教育功能上依旧传达出维护伦理道德的思想理念,既有表现精忠报国、忠孝节义的故事,又有运用插科打诨的方式表现婆媳、邻里生活琐事的剧目。虽然传达的思想内容不同,传达的事情有大有小,但都不影响它的审美教育功能。中国观众看戏有理智的批判和情感的共鸣,这些道德观念无须导演精雕细琢,就能在潜移默化中让观众接受,并影响自身的社会生活。作为导演,在排戏中必须努力寻找剧本的精要所在,不能仅在表面的字里行间做文章,还要挖掘潜藏在剧本里的人文思想与道德标准。导演传统剧目时,要修改原剧中的糟粕,尤其是落后的思想,运用创新性思维,赋予剧本新意,反映出当代人的思维模式、当代人观剧的情感体验和当代社会的环境影响力。

21世纪的戏剧因其所反映的生活内容发生了改变，其表现形式和人物的精神风貌也必然需要改变。随着创作题材内容的丰富与深化，原有戏曲舞台的演出样式和表现手段，与崭新的社会生活和当代观众的审美要求表现出明显的不适应性。在新历史时期，观众呼吁戏曲改革，不论是现实主义题材，还是浪漫主义题材，都要以一种新的艺术形式来展现、新的艺术形象来反映。所以导演必须积极挖掘现代人的思想、情感、道德以及行为方式，要敏锐地捕捉现代人生活的典型特征。观众在看新编历史剧与现代戏时，更多的是关注整个剧目的主题思想与现实意义，这与欣赏传统戏的角度截然不同。因此，导演只有对生活有着深切的体悟，才能有很高的审美悟性。导演必须发挥自身的独创性精神，考虑更多的人文关怀，找到剧本中的精华所在，挖掘剧本深邃的内涵，在现代观众的欣赏品位中寻找准确的切入点。导演应当将今天的生活巧妙转化为新颖的舞台形象和程式语汇，真正地做到源于生活但又高于生活。实践说明，导演必须总体把握一部新剧的创作、排练以及演出的全过程。对剧本体裁、风格处理的寻觅和创造，必须按照戏曲艺术的规律来处理，制订未来演出的蓝图，构想舞台上人物形象的总谱和最终演出的呈现样式。在创作过程中，避免走向民族戏剧“高台教化”的传统，不进行枯燥的说教，要重在“化”上，让人们在潜移默化中受到启发和教育，寓思辨于欣赏，从而使观众感受与领悟到博大深厚的戏剧文化与人文精神。

同时，导演在创作中要明白事物不断发展变化的内在规律，应该牢记“望今制奇、参古定法”八字要领。除了具有扎实的专业技能之外，更多的是要在作品中有新的艺术观念，有创造性思维体现，有导演人格魅力展现，不能被所谓的条条框框束缚而走入死胡同，“变则通，通则久”。导演在创作过程中要想着为广大人民群众服务，创作老百姓喜爱的艺术作品，必须尊重人民群众的审美传统。明白“写戏、演戏和看戏”是创作者和欣赏者之间思想感情密切交流的纽带，争取达到创作者与欣赏者的共鸣。导演艺术思想的体现要循序渐进，切不可一意孤行，要“潜移默化”地传递自身的情感，通过感情上的共鸣求得思想上的共鸣。导演要明白“言、象、意”三者之间的递进关系。当代导演一定要懂得敢于破言的道理。破言，即打破别人的观点，提出自己的观点，形成导演自己的个性与魅力。其中三者间最高的境界则是破象，即打破自己固有的面貌。纵观艺术长河，无数大家都在一定的历史条件下敢于破言，因而成就了自己。敢于破言而成大师者则屈指可数。此外，导演在创作中要时刻关注无法与有法的转化，要不断破除自己固有的导戏风格样式，不拘泥于已有的程式，努力创造新的演出形式，力求一戏一格。

导演是组织者和协调者，是全剧的统帅，必须与各个部门精诚合作，而不是无端妄为。用《周易》的阴阳学说来分析，即要统筹好阴阳关系。有些导演喜欢将自己的主观意志强加于其他部门之上，要别人完全听命于自己的安排，这就是所谓的阳刚过多而阴柔不足，所以造成满则溢、刚招损的后果。不多听他人的意见，完全凭主观意识去操作，是无法做出精品剧目的。俗话说“一个好汉三个帮”，何况是一门综合性的艺术作品呢？戏曲艺术决定了各个部门要通力合作、强强联合，而不是分散单一、各自为政。但是，作为一个导演，一点主见也没有，完全指望别人的意见，个人的导演艺术毫无见地，也很难立足，很难取信于人。这种现象则属于阴柔过多而阳刚不足。真正好的导演应当做到德者正中，能掌握阴阳刚柔统一的原则，既有自己独特的导演构思、风格特色，又不随意武断地传达指令。导演要善于听取别人的建议，只有经过分析研究和综合讨论，才能找到舞台演出最终呈现的最佳方式。导演应该具备的要领是柔在内，刚得中。世间万物都是对立统一的，阴阳相对既是美的客观原则，又是审美创造和审美品评的原则。此外，导演还要具有“中庸”观念，尤其是在自己的作品中，不要过多堆砌，而要做到简洁空灵，追求中和之美，明白少则宁、多则祸的道理，给观众留有想象的空间。

戏剧艺术的教育功能，是在艺术创作活动中采用化“真”为“美”的方法，将生活的真实升华为艺术的真实，并且能让观众在无形中受到感化、熏陶，自然而然地形成一定的审美能力。而一出台剧目的艺术影响力，正是通过这些鲜明的审美意识形态，通过导演的各种戏剧手法的处理，来提升其美学意义和艺术魅力，以审美价值为基础，以情感人、潜移默化、寓教于乐。不光戏曲、话剧、电视、电影，任何一种艺术形式导演艺术手法的处理，都是在“潜移默化”中循序渐进的，艺术作品中包含着艺术家的思想感情，蕴含着艺术家对生活的理解、认识、评价和态度，渗透着艺术家的社会理想和审美理想。艺术的作用是能以情动人，使欣赏者从中受到启迪和教育，潜移默化地培养民众的性格、品德。任何艺术都致力于激励人、感染人，体现艺术的思想性和娱乐性。总之，在导演艺术创作中，一定要充分考虑到观众的感受，让观众在欣赏艺术作品的同时，达到身心的愉悦的目的，满足精神上的审美需求，并受到启迪，这样的作品才不失为一部成功、优秀的作品。

我的“男神”

——卢昂老师

卢昂，上海戏剧学院教授，博士，博士生导师，霍英东教育基金获得者，中国戏剧“新世纪杰出导演”，国务院学术委员会与影视学科评议组成员、秘书长，享受国务院政府特殊津贴，在国内外执导各类戏剧作品80余部，连续九次荣获中国文化部“文华大奖”及“文华奖”，四次获“文华导演奖”，七次获中宣部“五个一工程”奖以及中国戏剧节“优秀导演奖”、中国话剧“金狮导演奖”，代表作有《董生与李氏》《瑞福祥》《小镇》《补天》《司马相如》等，独立撰写并出版的理论专著有《卢昂导演创作文集》《导演的阐述》《导演的创作》《导演的手记》等。

2014年，再芬剧院排练《寂寞汉卿》，我担任了技术导演。在这次排戏过程中，我认识了对我的导演创作起到重要作用的心灵导师——卢昂导师。

跟随卢昂老师排戏时，我爱上了老师导演

的《董生与李氏》《补天》《瑞福祥》等一系列作品。在我的导演创作中，卢老师打开了我创作的新路径。2017年，我有幸参加了由上海戏剧学院承办的国家艺术基金项目“导演人才培养——2017国际导演大师班（美洲）”的学习，感谢老师给我提供了一个这么好的学习机会，这是一次为我打开思路、开阔视野的难得机会。

我打小接触的是中国戏曲艺术，似乎对西方戏剧不太感兴趣。但通过大师班为期五周的戏剧工作坊学习，我真切感受到了西方不同国度、不同导演艺术家创作风格的多样化，聆听了当下国际上最具影响力的导演艺术家们的教诲。我感受到东西方戏剧文化在导演艺术创作中的融合，也意识到导演思维的开阔及表现形式的嬗变是一部作品成功的关键。我想，作为年轻的中国戏曲导演，我一定要在国际视角下强化导演思维的开拓，注重对导演技法的提升及导演情怀的培养，努力将东西方戏剧艺术的各种表现形式进行比较融合，探索、创作出思想性、艺术性俱

2017国际导演大师班（美洲）

The 2017 International Master Class on Directing (the Americas)

佳,且符合当下观众审美心理需求的艺术作品。

导演的思维好比下围棋时的思维，需要时刻把握大局。导演要能把控整个舞台,懂得取舍,掌握宏观与微观的对比,精细计算舞台上的每一次艺术处理。导演要将自己的思想理念通过最具个性的艺术化处理来予以表达，要使理性思维与感性思维平衡发展、双轨并进。梅耶荷德曾预言,21世纪人类最伟大的戏剧就是中国戏曲与西方戏剧的某种结合。当代戏剧的迅猛发展需要具备现代意识的导演,年轻的戏曲导演要在国际视角下,努力寻找东西方戏剧艺术的共通点,实现最有力的有机融合。

导演在二度创作中要找到全剧的主旨,这是导演个人艺术魅力的展现,也是艺术作品闪光点的呈现,更是对人生困惑的一种释怀。导演要将自己的导演思维进行立体化呈现,要在作品中对主旨进行有起伏、有变化的表达,提炼作品中真正的闪光点。导演对东西方戏剧创作理念的转化,要及时把握住时代前沿创作信息,探索两种不同戏剧文化与表达方式的差异。导演思维的开拓不是故弄玄虚,要让观众读懂故事而不迷糊。导演要充分利用舞台空间的位置关系,利用戏剧人物关系的动作组合,将自己的思维予以表达。导演要激发演员自身的表现欲,帮助演员准确、迅速地捕捉戏剧动作,快速找到自身的情绪点。

在一部成功的作品中,导演的思维要由感性上升到理性,要清醒地知晓戏剧的真谛、戏剧的本源以及导演真正的职责。作品中要阐释的出发点究竟是什么,对当下社会问题的看法又如何,在二度创作中要从文本里深度挖掘并表达什么,是否能引发观众的思考、关注和共鸣,这些问题的根本在于导演是否具备清晰明了的创造性思维。创造性思维是一种有独特创造见解的思维,导演思维就是一种基于剧本情节和人物逻辑之上的创造性思维。在传统戏曲作品中更要有精准的提炼，找寻问题的关键所在，探讨问题并将其投射到当代戏剧中，以便解决问题，创造出契合当今观众观剧心理的剧目。运用戏剧这一工具，创造出超越一切时代，具有永恒价值的作品，这是导演追求的最高目标。导演大师班的诸位老师讲授的课程，准确、直观地阐明了导演思维的重要性。尽管教学方式、教学理念各具特色，彰显的导演风格各自不同，但对文本的深度开掘、对舞台空间的把控，甚至包括身体素质训练，都有益于青年导演打开创作思路，拓展导演思维，形成立体化的导演思维构建模式。

戏剧艺术是“三位一体”的艺术。导演是演员表演的指导者，是演员的镜子。如何掌握演员的共性与个性，如何开掘演员表演的能力，都是导演要提前做好的功课。一出戏演出成功与否，演员的表演起着至关重要的作用，优秀的演员身上可以显现出导演的艺术功底，戏曲艺术更是如此。千百年来，戏曲演员由于长期的程式思维，固定化了训练模式，过于注重与强调形体艺术的造型美感，故而重于形而轻于心，重对外部形体塑造的挖掘而轻对人物内心复杂思想情感的体验，演员很多时候在舞台上完全是一种躯壳式的表演，很难走进角色的内心深处，感悟与体会角色此时此刻的心态。著名戏曲导演阿甲先生曾说过，程式不经过体验就是僵化的躯壳，体验不经过程式的展现就不是戏曲艺术。因此，导演可以通过用心倾听每一位演员的诉说，挖掘演员内心深处隐藏的秘密，运用清晰明了的关键词语对演员进行引导、启发，让演员充分解放天性，释放自我，投入表演，在愉悦的情境中完成舞台行动与情感交流。导演还可以运用不同的舞台呈现方式和艺术表现形式来完成对演员潜能的开发，打破束缚演员的各种禁锢，突破演员的常规表演模式，直面演员创作过程中的瓶颈与困惑，让演员真正地用心去表演，演活人物形象，寻找到人物的形象种子。演员的感情体验不是目的，而是工具，它的目的是在观众面前塑造一个有思想的、能揭示客观真理的艺术形象。

导演技法的提升是一部作品成功的关键，导演技法的提升会促进演员实力、水平的提升。演员在戏剧舞台上是否能够用心表演，关键在于演员的注意力能否达到高度集中，能否在舞台上专注于一件事而不游离。时代发展迅速，纷繁的社会让人变得浮躁，很难持续关注一件事。因此，导演要对演员进行高强度训练，注重夯实演员的基本功，训练演员的注意力、爆发力、想象力、情感表现力、声音控制力等。演员要在导演的带领下进行“游戏热身”训练，在舞台上创造全身心投入的能量场，寻求艺术的突破，提升专业水准，绽放自己的艺术个性。

演员要在导演的刺激下，激发艺术表现的热情，要熟悉舞台、亲近舞台、热爱舞台，不但要做到完全的天性释放，也要时刻保持情绪、理性上的控制。演员在舞台上表演要能随心所欲，能够适应各种情境与动作的表现，大胆尝试没有接触过的艺术表现形式，在表演中要给自己设置障碍，勇于跨越，真正从心理层面解开困惑。

导演应该具备扎实的业务技能、亲和的人格魅力，注重强调团队协作精神，了解戏剧创作过程的各个细节，具备敏锐的观察力和洞悉力。导演艺术水平高超不仅在于专业技术的过硬，更在于自身文化修养提升，以及导演人格魅力的展现、人品价值的表露和导演情怀的抒发。优秀艺术作品的成功和导演的个人魅力、艺术风格、个人情怀紧密相关。上海戏剧学院博士生导师、教授张仲年提出的“养成导演思维、学会导演技巧、锤炼操作能力、磨砺团队精神、建立健全人格”的导演工作方法，对于从事导演事业的工作者来说是大有裨益的。

导演要博览群书，关注时事，要对生活、人生有深刻的感悟，对哲学、美学、艺术

学有高屋建瓴的认知。“自我认识、自我鉴定、自我实现、自我改善”，在工作和生活中要具备四种心态：勤奋刻苦的进取心、得失之间的平常心、艺术创作中的童心、对待每一位朋友的善心。导演修养的提高，如滴水穿石，不可急于求成；导演情怀的抒发要厚积薄发，不能竭泽而渔。

需要强调的是，导演正确意识的树立、宽广情怀的抒发，都必须建立在把握本民族戏剧艺术创作规律的基础之上，紧跟时代潮流，把握当下全球化戏剧创作态势，汲取西方戏剧多种艺术表现形式，大胆地将东西方戏剧艺术进行比较融合，创

作出思想性、艺术性、观赏性俱佳，且符合观众审美心理需求的艺术作品。

在为期一个多月的学习过程中，美洲导演何塞曾指出，戏剧演出并不能给予观众人生某个问题的答案，重要的是能够向观众抛出问题，引起观众的思索并形成深刻的探讨。其实这就是在创作过程中不可偏离的轴线。通过演出《培尔金特》，我感受到何塞导演所教授的方法的实效性，这一方法尤其对长期从事戏曲表演的演员有极大的帮助。戏曲“以歌舞演故事”的本质、固有思维的表达能让演员迅速掌握各种程式手段，却容易忽略创作中传递的宝贵情感。因此，演员要将演出的各个元素完全剥离开之后再进行组装，剔除所有台词，用行动呈现片段，力求做到清晰准确，再将部分效果元素加入，最终融入台词中，完成创作的舞台呈现。这种精简台词、丰满行动创作方法的清晰表达，使演员不会陷入自我的情绪状态中而不可自拔，从而完成角色自我感觉的建立。这样，剧目深刻的思想内涵和导演对剧作的理解，更能为观众所接受。

秘鲁导演玛莉亚指导的环境戏剧也给我带来巨大的震撼。在环境戏剧创作中，我明显感受到，不同的客观环境会给戏剧创作带来不一样的感受，在不同的天气状况（雨天、阴天、晴天）下，我感觉每次做练习时内心体悟都不相同，在每次练习中，

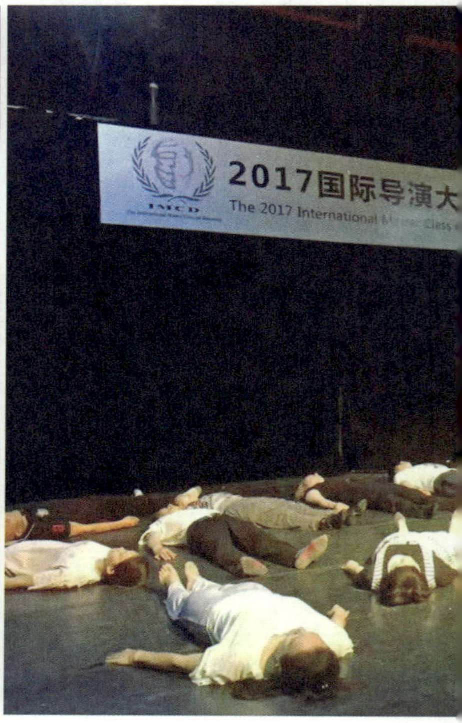

对人物内心情感的把握会产生不一样的体验。演员运用有情感的肢体进行表达，用自己充沛的情感与外在环境发生接触，能紧密控制与指挥自己的肢体。在环境戏剧中，戏剧事件可以发生在一个完全改变了的空间里，或一个发现了的空间里，环境戏剧的空间是经过重构的，或者是被发现的。

寓言故事创作的表现形式也让我体会到相互信任、彼此依靠、重心下沉、呼吸自由的创作氛围，从文本中寻找戏剧的行动，在行动中直接生成表演。创作集体作为一个团队，可以运用各种元素和材料对文本进行身体和视听表达，使观众获得东西方不同的戏剧碰撞带来的体验。除此之外，来自墨西哥、厄瓜多尔、美国的几位导

演也都从不同角度打开了我的创作思路,其中关于“文本主旨的深度发掘、在西方名著改编过程中赋文本新的思想立意与主旨展现、演员之间信任感和默契程度的构建”等授课内容,至今令我印象深刻。

导演大师班的学习经历对我今后导演创作能力的提升是毋庸置疑的，大师班不仅给予了我专业技能上的提升,更为重要的是打开了我的创作思路。作为一名年轻导演,只有脚踏实地地经历过导演创作过程中的艰辛和困惑,方能感悟到创作路途中的快乐和幸福,才能创作出越来越多被观众喜欢的作品。我深刻体会到,思维的提升是关键,技法的掌握是保证,谦虚的人品是前提,豁达的心胸是方向。

淡淡甜蜜中充满遗憾、隐约幸福里透露哀伤

——黄梅戏《途中》

一个文化和历史遗迹沉淀深厚的古老小镇，诉说着一段不一样的历史；一个历经抗战风云、饱经沧桑的古老小镇，折射出了民族文化。“七七事变”是中华民族全面抗战的起点。抗战期间，一群中国知识分子走出象牙塔，踏上重归民间的文化之旅。原创黄梅戏《途中》的故事就发生在素有“万里长江第一古镇”，也是抗战时期的四大文化中心之一的四川宜宾李庄。抗战时期国立同济大学等机构陆续搬迁至此，留德回归同济大学医学院的教授谢语尽机缘巧合地遇见了自己苦苦寻觅多年的未婚妻林皖微（清华大学教授），两人的重逢令两人既幸福又茫然，最终林皖微毅然决然地赴西南联大教学。殷殷倾诉不是生离死别，却是一次人生的诀别。

《途中》讲述的是特殊的时期、特殊的人群、特定的历史环境下“爱情”这一永恒的话题。通过这段让人难以忘怀的历史，诉说着难分难舍的心酸爱情。这种爱是一种彼此真心相爱且能包容理解的真爱，它传递了“淡淡甜蜜中充满遗憾、隐约幸福里透露哀伤”的忧伤之感。

中国近代史是一部充满灾难、落后被挨打的屈辱史，是一部中国人探索救国之路，实现自由民主的探索史，更是一部中华民族抵抗侵略的斗争史。处于东西方文明碰撞交汇的历史背景下，中国的知识分子不仅拥有知识，更有广阔的全球视野。特殊时期的爱情价值观必然有着特殊时期的历史烙印，谢语尽与林皖微的爱情，因为处事原则的不同，自然会有不同的行为轨迹。暂时让出自己的家园，但并没有失

第7届中国（安庆）
黄梅戏艺术节
再芬黄梅·品牌戏剧
再芬黄梅 · 品牌戏剧
2015年第七届中国（安庆）黄梅戏艺术节展演剧目
途中
演出时间：2015年9月16日19:40
谨以此剧献给
世界反法西斯胜利70周年
纪念为抗日战争作出卓越贡献的中国教授群体
安徽再芬黄梅文化艺术股份有限公司出品
再芬黄梅艺术剧院演出
安徽韩再芬黄梅艺术基金会支持
网址：www.zfhm.cn
新浪微博 weibo.com @再芬黄梅

去对这个民族的信心。大学的教授们未雨绸缪，深知自己无法上阵打仗，却可以培养具有优秀禀赋和报国志向的青年学生，作为民族的栋梁之材进行长远的谋国之计。因此，在诸多复杂情感纠结的状况下，他们把彼此当作知己，他们懂得尊重，知晓在“国难”与“爱情”中间相爱却不能相处的原则。《途中》多角度地挖掘了人性的真谛，歌颂了彼此间最为真挚的感情。

作为导演，深挖剧本表层与意蕴是二度创作前的关键，也是舞台创作过程中导演技法的升华与描绘“人性”善恶的必经之路。艺术源于生活，又高于生活。从艺术中找寻本真，导演要树立戏曲文学应从舞台出发的美学观点，找寻现实意义中的爱情真

谛，让不同时期的爱情形成对照。特殊时期知识分子的爱情、命运如何？当下人们的爱情是否能像那个年代经得起考验，是否能够相互释怀、彼此理解包容、互相真心祝福？

戏曲舞台讲究留白，需要赋予演员巨大的表现空间。《途中》的舞美设计理念表达了深刻的思想内涵，挖掘了深邃的思想立意，以有限的形象表现无限的世界，以空灵的笔触表现现实的存在。简洁而不简单，大方而不落俗套，既能表现特定时期的历史背景，又能紧紧抓住戏曲艺术本体写意性的原则，突出作品的"诗化"风格，展现舞台的空灵写意。《途中》取消了传统的戏曲大幕，改用透明纱幕，纱幕上描绘着枯藤、老树、乌鸦、风沙等场景，通过灯光效果营造出一种昏黄的老式照片的艺术感觉。纱幕上书写着醒目的"途中"两个大字，迅速将观众带入战乱之时的萧瑟、凄凉的历史情境中。当纱幕随着开场音乐的节奏缓缓升起时，巨大的视觉冲击力抓住了观众的眼球，映入眼帘的舞台天幕是一幅断壁残垣的景象，昏暗的斑驳色调显示出整个舞台气氛的压抑与沉闷。舞美产生的意境之美，让观众思索着走入剧情。

纱幕与天幕中都设计了一条漫长、狭窄、曲折的道路，两条路交相呼应。这是条什么路？这条路通往何方又表达何种语境？我想，特定时期的学者们踏上这条道路时是怀着在另一条战线上献身的思想的。虽不知道路的尽头在哪里，会有何种命运的归宿，但他们带走了大量的设施、书籍以及一切为民族复兴所必需的物资和人才，做好了为这个民族坚守文化与教育阵地的一切准备。这是否就是战乱年代颠沛流离的人们努力奋斗、拼搏甚至不惜牺牲生命而换来的道路？

为了深挖民族美学的神韵，推动剧情的发展、刻画人物形象，在表现李庄古镇的风貌与建筑格局上，我选择运用经济、节约、合理的硬性框架式结构的舞美样式。全剧以简洁的木框线条来展现房屋结构，延伸观众的视觉纵深感，与舞美背景风格协调一致，软硬景合理搭配，自然和谐，富于层次感和立体感，形成浑然一体的艺术效果。三道可移动的吊景,使舞台更加灵动、自由,舞台空间转换得更为灵活,给演员表演留出了足够空间。全剧充分发挥了舞台假定性,也证实了中国戏曲在空间经营上不是靠物质手段来表现,而是通过演员的表演来证实环境的存在和变化,即“景随身变”的超然、自由的舞台时空观。

将传统戏曲出将、入相的舞美样式,以点带面、以虚带实地进行现代抽象理念的表达;用雨伞意向化造型的框架结构,表现戏曲舞台上屋檐的结构,所有这些都是该剧舞美设计的亮点。此外,大胆地将一张病床立体呈现在舞台上是一种创新,不仅将演员病态的睡姿及细腻的面部表情直观表露,而且让观众更明了、更有兴趣欣赏整个剧情。通过色彩、明暗、节奏、光质的变化及类似电影投影的艺术效果与人物行动的有机结合,对人物内在的情绪进行了鲜明而富有诗意的表达。自如地调动观众的注意力,突出所要表现的重点,提升了戏曲舞台的张力、营造了夸张的舞台戏剧气氛。

在《途中》第二场《行雪江》中,男主人公谢语尽一身长衫失去了传统戏曲水袖的可舞性,尽管表演的难度系数增加了,但演员通过“化变”戏曲程式动作(滑步、蹉步、滑跪、平转、大蹦子)等技术技巧,形成了一种新的舞蹈语言,让观众的视线始终留在舞台上,给观众以美的享受。其实,中国戏曲综合性的表演手段是具有绝妙的技巧性的。在人物大幅度的舞台行动处设舞,在人物情感高超处设舞,在富有情感的上下场处设舞,都是抓住人物灵魂的关键所在。中国戏曲巧妙地将情、景、人融合在一起,正是肢体语言设计的讲究,在一招一式、一举一动中都能体现出人物的神情、气度、韵味。戏曲身段强弱、收放、刚柔、动静的处理,要达到传神、传情、美感三点有机地结合。戏曲身段的设计要使传统程式技艺与现代人物性格相结合,为创造人物形象服务。

中国戏曲表演手段在塑造人物形象高超的技巧性时，不仅表现在外部形式上具有自己一整套特殊而绝妙的表演技巧，而且在人物内在的体验上同样具有自己的一整套特殊的技巧与形式。要想鲜明地表达人物内心层次，为丰富舞姿、烘托人物、创造意境服务，就要在身段造型的设计上利用好一切有利因素。通过演员有限的形象诱发观众积极的想象，从而创造出幻想的真实。一把雨伞、一把充满情感能传情达意的物件，在演员的手中要表达出无穷的意境。通过雨伞与形体动作的结合，凸显出演员细腻的表演功力。长衫形体设计，重在人物情绪情感、精神状态的彰显，肢体语汇重在表达剧情的思想意念。通过戏中戏的结构，再现了男女主人公之间的真挚爱情。

戏曲是剧诗，是律动的符号。戏曲锣鼓铿锵有力、节奏鲜明，具有强烈的表现力和夸张力。它对舞台气氛的营造与烘托，以及人物内在思想的表达，具有极其强烈而直接的外化作用。舞蹈语汇借助这种有力度器乐的衬托，尤显突出。借助打击乐强弱鲜明的节奏，利用锣鼓自身的抑扬顿挫，构造出千姿百态、可塑性极强的戏曲舞蹈身段。通过手、眼、身、法、步的有机统一、协调一致的有规律活动，表达特定人物的思想感情。

《途中》全剧以独特的音乐写人、写情、写事，强调音乐的地域特色和抒情色彩，挖掘黄梅戏的音乐魅力，用音乐来彰显人物的灵魂。全剧开场的音乐，大胆吸收了《大刀进行曲》的旋律，来烘托紧张、弥漫战火硝烟的气氛，直达观众的听觉心理底线。在《行雪江》一场中，十几分钟大段的核心唱段，颇见演员的演唱功力，必须娴熟地将戏曲的唱念做舞完美结合。随着情感的起伏变化以鲜明的节奏感、分寸感、力度感，呈现流动的动作韵律和扎实稳健的唱腔功力。动作与音乐的紧密结合不仅烘托了戏剧的背景，更强调了内在的节奏和情感逻辑。而这正是中国戏曲“有声皆歌、无动不舞”艺术原理的最好体现。李泽厚认为，中国戏曲“通过音乐、舞蹈、唱腔、表演，把作为中国文艺的灵魂的抒情特征和线的艺术的本质，发展到又一个空前绝后、独一无二的综合境界。它实际上并不是以文学内容而是以艺术形式取胜，也就是说，以美取胜”。

音乐形象的完整连贯性及极具魅力性是该剧成功的关键，它对全剧的成败有着举足轻重的作用。质朴清新的音乐风格，地道纯正的乡土韵味，传统与现代音乐元素的恰当融合，满足了当代观众的审美需求。全剧音乐大气，节奏流畅，富于意蕴，起伏跌宕，悲喜交加，主旋律回环反复。为了体现特定的巴蜀文化，该剧还大胆吸收、借鉴了川江号子的音乐表现形式。全剧的唱腔音乐，都设置在人物情感起伏的高潮及戏剧冲突的关键之处，在言传不足以达情的情况下，表现出非

唱不可的倾向，注重层次，突出戏曲音乐独特的表现力和感染力。尤其是经典对唱《漂洋过海多少年》，堪称精妙之笔，通过旋律、节奏、力度等多种形式造成变化对比，有效地表达了主人公此时此刻内心激荡的戏剧情感冲突。通过音乐的抒情性、叙述性、表意性，让观众体悟到人物内心情感的抒发，完成了戏剧情节结构的展现，使人产生强烈的、引起共鸣的心灵之感。

《途中》在第七届中国（安庆）黄梅戏艺术节展演上获得了好评，作为导演，我很高兴。但随着当下观众审美情趣的提升和欣赏习惯的转变，在表现特定历史时期的剧目时，如何把握好戏曲的本质与核心不脱离本体，提升民族美学神韵，突显戏曲剧种风格特色，把握当代审美价值理念的融合等问题，时常困扰着我，令我沉思，不过这也更加坚定了我在导演之路上探索的决心。

借古喻今倡廉洁，一“廉”幽梦扬正气

——《一“廉”幽梦》导演有感

2016年，我接到任务，学院要创作一部原创作品参加全国高校廉政文化作品大赛。时间紧、任务重，如何发挥学院的特色，如何把黄梅戏和廉政文化有机结合，让我颇费脑筋。我和编剧周密快速召集了一拨年轻人成立创作团队，大家一起出谋划策。经过几天的激烈争论，我们一致同意创作一部新编小戏。

小戏是一种短小精悍的戏剧艺术形式，小戏要有灵魂和特色，作品应当具有当代情感与审美体验。在选择和提炼主题时，从大处着眼、小处着手，以小见大，借古喻今。通过一件小事，为主人公的行动提供一个动因，要瞬间透视人生，要善于快速调动观众的观看兴趣。用小戏形式来表达宏大主题，也是极具挑战性的艺术选择。创作小戏难度很大，因为篇幅短、容量小，在表达题旨、编排情节上都比大戏要难。尽管选择的范围小，但也要做到有情、有理、有趣、有味，要紧凑、精致，一气呵成。小戏创作中要设置好角度，为深化主题、烘托气氛、塑造人物打好基础。小戏中情节是骨架，细节是血肉，小戏的表演和呈现同样需要细节的支撑。

取一个什么样的剧名，既充满诗意、富有意境，又主题鲜明、直观明了？我们苦思冥想之后，一个让所有人都满意的剧名诞生了——《一“廉”幽梦》。一个好的剧名，增强了我们的创作动力。一个富有诗意的剧名，提升了我们的创作信心。《一“廉”幽梦》将用最为朴素的情感渲染来凸显围绕“廉”展开的人性变化。

《一“廉”幽梦》讲述明朝季士桢初任礼部侍郎，同乡郑太保为壮大自身势力，力

荐季士桢为科举考试中“会试”的主考官。郑太保之侄郑兴在会试中成绩平平，郑太保指望季士桢将其提携为举人，进而能够进入殿试面圣。在威逼利诱之下，季士桢左右为难，遂入梦境。梦中，才华出众的李生因会试不公，惨遭淘汰，落魄至极。梦醒后，李生落魄的遭遇让季士桢回想当年，感同身受，季士桢随即大彻大悟，毅然决然地主持了会试公道，弘扬了官场正气。

该剧以“倡廉洁、扬正气”为主题，将黄梅戏这种通俗易懂、清新淡雅的艺术形式与弘扬公平正义的主旋律、传播清正廉洁的正能量有机结合。通过剧中的种种矛盾冲突，生动表现了古代官员的清正廉洁，着力刻画了有血有肉、有情有感的季士桢这一人物形象。在创排中我把重点放在主人公季士桢内心活动的展开上，在他内心冲突最激烈的时刻，正是他情感积蓄最丰富、色彩最浓烈的瞬间，也是最需要表现与宣泄的时刻。我注意到人物内部心灵的冲突，艺术感染力往往在这里得以实现，作品的深度魅力往往也表现于此。全剧具有较强的艺术价值，具有强烈的时代特征，所以作为紧密结合当前党风廉政建设新形势的作品是非常有现实意义的，更达到了思想性、艺术性、观赏性的有机统一。

在艺术特色上，《一“廉”幽梦》以严谨的现实主义创作态度和方法进行创作，音乐抒情与叙事并重，自然流畅，保持着黄梅戏原汁原味、浓郁的乡土气息和地域特色。剧本采用了“戏中戏”的结构，双线并入，打破了小戏承载量的局限性。舞台呈现古典戏剧的传统、清新典雅。在舞台时空上讲究空灵写意、留白抒发的特点，充分运用艺术的假定性，着力强调演出形式的美感和意蕴，努力开掘诗情画意的优美和韵味。

在人物形象塑造上，《一“廉”幽梦》要塑造出鲜明独特、有血有肉的人物形象。通过演员声情并茂的演出，观众观剧时不仅能观察到人物的外部特征，更能感受和体验人物的内心世界；由表及里地感知人物，敏锐地捕捉人物所处的特殊境遇，发现人物在命运的转折与变化中剧烈的心理反应，设身处地地感受人物的生命处境和心理世界。导演要抓住规定情境中人物的独特性和复杂性，多角度地审视、提炼和浓缩，塑造出与众不同、具有典型性格、立体丰满的人物形象。

本剧的定位为“尊重传统，回归传统”，保留了传统戏曲的程式化和写意性，简而不凡、雅而不俗。在行当设置上较为齐全，除了黄梅戏常有的小生、花旦之外，还设置了须生、青衣和丑角，人物性格突出，艺术形象鲜明，充分发挥戏曲艺术的特长与优势，增强了舞台的综合效果。全剧的演出形式在充分继承和发扬黄梅戏艺术优秀传统的基础和前提下，努力做到黄梅化，即贴近生活、关注时代，遵循中国戏曲本体原则，显现出在以综合艺术观指导下的黄梅戏剧种的个性化，让黄梅戏的艺术魅力彰显得更加鲜明。

本剧的主创人员为学院的青年教师，主演为戏曲表演专业高职学生。在学院创作一部原创作品，对于教师来说，通过艺术实践努力提升了自身的专业技能，有利于在实际教学工作中，将教学与创作紧密结合在一起，在创作中

教学，在教学中提升。对于学生来说，他们的艺术生涯刚刚开始，教师对于学生不仅要教授其传统戏曲的程式规范，更要教会学生如何去创造、塑造人物，让学生体验角色，表达隐秘的内心世界，充分体现戏剧情境，更好地将强烈的内心体验与外部程式表现完美地结合在一起。经过几个月的努力，作品被搬上了舞台，实现了教师与学生同轨进步，体现了学院“产学研演练”一体化教学模式，丰富了实践教学的内容。《一“廉”幽梦》先后获得安徽省高校廉政文化大赛作品一等奖、全国高校廉政文化作品大赛“精品作品奖”。

导演作品《大明朱元璋——斩婿》

2016年底，我受安徽省艺术研究院李春荣院长的邀请，去重新调整、加工一出戏。我有些忐忑，毕竟这是已经演出过的作品，要通过调整使其达到一个新的高度，我心里也没有多少把握。但初生牛犊不怕虎，我还是答应了。第二天，我接到滁州演艺集团沙总的电话。从电话中不难听出她希望对这部作品重新打磨的迫切心情。她安排人员把原有演出视频发给我，希望我能提出一些问题，我欣然答应。打开电脑、关上房门、拿起纸笔、关掉手机，我聚精会神地一口气连看两遍后，心里已对这部作品调整后的舞台呈现有了一个清晰的框架。我马上写下原有作品的十点不足，随即发给沙总。沙总阅后完全同意我的观点，她期待我快些赶去滁州，尽早启动该剧的重新创排。

每当创作大戏时，我都非常注重剧本分析的工作，因为剧本分析是导演构思的基础，也是导演产生创造性想象的前提。导演走进排练场，先要做足功课，才能有的放矢，而不至于随意为之。从一度创作的文本到二度创作的导演本，这中间的转换我会非常慎重。我会写出剧本中每一场戏的问题和修改意见，以便更好地和编剧沟通。以下内容就是当时发给沙总的《大明朱元璋——斩婿》的十点修改意见。

1.主题思想不明确：要强调做官需廉洁，一失足成千古恨的道理。凸显在法制与人情的较量中，终究法理大于亲情的原则。

2.现实意义不彰显：一定要联系当下，借古喻今，引发观众的反思。

3.舞台节奏不紧凑：每一场戏过于平淡，舞台节奏推不上去。高潮点没有做足，不能环环相扣，每场戏的结尾处理过于草率。

造成舞台节奏拖沓的主要原因有两点：(1)演员表演节奏层次不清晰，尤其是潜台词、内心独白的把握、交流语言的递进、念白逻辑重音的展现程度不够。(2)音乐是戏剧的灵魂，目前音乐没有达到提升全剧的艺术功能，主题音乐的贯穿、人物形象音乐的塑造、描写音乐、背景音乐、地域文化元素与黄梅戏音乐的结合仍需要继续提升。

4.人物性格不鲜明：演员表演内心空虚，人物性格单一化痕迹明显。不能从内心深处挖掘角色的切身感受，不能多角度分析角色，表演时做戏的成分明显。

5.矛盾冲突不尖锐：虽然全剧的主要事件十分清晰，但事件要通过矛盾冲突予以展现，目前外在矛盾冲突不激烈，内心矛盾冲突不明显。没有矛盾，如何有戏？没有矛盾，何谈人物的性格展现？没有矛盾，更无法推向戏剧的高潮。全剧一定要围绕着“情”字做文章，要把父女情、母女情、夫妻情、兄妹情、百姓情，多种情感戏份做足。但最吸引人的还是朱元璋内心的复杂纠结，只有把握好朱元璋内心活动与情感，观众才能感受到戏的魅力所在。

6.舞台调度不鲜活：调度是有目的的行动，而不是为调度而调度，不能仅仅为了戏中的流动而一味地让演员在舞台上行走，演员的每一步、每一转身、每一个停顿都是有深层含义的。目前舞台焦点不准确，舞台支点不明确。

7.戏剧高潮不抓人：高潮上不去是一出戏的最大问题，一出戏的起承转合没有做好，每一场戏的收尾不干净、不到位，有明显脱节现象。

8.核心唱段不足够：唱功是戏曲四功五法中的首功，是塑造角色最有利的手段，也是区分剧种的最重要标志，更是黄梅戏剧种得天独厚的优势。全剧缺乏主要角色的核心唱段，无法表现角色的综合形象以及演员自身的艺术魅力。

9.程式技艺不到位：全剧对于传统戏曲程式技艺的使用还不到位，尤其是要加强形体造型的美观度，提升水袖运用的韵律、动作气息的转换、台步圆场的规范等。

10.锣鼓运用不丰富：戏曲锣鼓的运用色彩单一，要充分利用锣鼓的艺术表现特色来塑造角色形象（巧用扑灯蛾、冲头、叫头、急急风、马腿等锣鼓点）。

《大明朱元璋——斩婿》具体场次处理意见：

1.序：

（1）开场要利用戏曲锣鼓，营造出百姓被官府追赶的紧迫感，把舞台气氛营造足。

（2）主要角色登场，要延续前面的情绪，表现慌张之态。灵儿为兄长申冤，应该戴孝，目前人物服装和人物不贴切，可以在服饰上增加白色绸带进行点缀，予以表示。

（3）表演上不够准确，当大娘说见到皇上之时，灵儿应是疑惑地上下打量大娘，而不是没有反应。

（4）抢鹅时，人物间的开打动作设计不合时宜，也过于花哨。老百姓即使争夺，也是手无缚鸡之力，要重在拼命抢夺而不在开打。可增加汪来福与官兵抢夺白鹅，以及白鹅被抢后的失落神态，与后面的礼轻情意重互相照应。

（5）童贵的念白话剧感过强，没有展现戏曲人物的个性，建议调整用戏曲的扑灯蛾形式来表现。

2.第一场：

整场无须大动，删除一段唱腔（皎洁圆明内外通），目前此段显得啰唆，节奏拖沓。戏曲里要“有话则长、无话则短”，有些地方不需要表现，可一笔带过，要简洁明了。

3.第二场：

(1)第二场舞美设计有问题，剧中提到了正月十五闹花灯、月明故园等内容，可舞台上没有月亮，会让观众产生疑惑，月亮到底在哪里？其实，在戏曲舞台上不论是写实还是写意处理，月亮都要有所展现。

(2)第二场中的舞蹈语汇运用不佳，朱元璋与钱伯儒在对话中，让所有的舞蹈演员成为活动背景道具，在舞台上来回走动，这不仅破坏了戏的清晰表达，而且扰乱了观众的视线。如果希望通过花鼓女的舞蹈营造热闹的场面，那么就要把花鼓灯舞蹈跳足，营造气氛之后，舞蹈演员就可以撤下场，而不能成为活道具，扰乱观众的视线。

(3)皇帝上场时，人物的形象感不足，动作缺乏张力。可以给人物添加一把山水折扇，不仅便于形体动作设计，也有利于皇者气质的展现。

(4)第二场重在突出表现皇帝如何礼贤下士，耐心听取百姓冤情。

4.第三场：

建议戏开始时，皇后这一角色不用上场。

5.第四场：

此场戏重点要展现朱元璋斩婿前内心的煎熬，要突出展现人内心纠结的三个为难方面，一层一层将戏剧推向高潮，让观众情绪紧张、神情紧绷。其实，人物内心的矛盾冲突是观众最愿意看到的，也是一出戏当中最精彩、最能表明戏的主旨的关键所在。这一部分要做足、做透。此外，要取消灵儿两人的诉说过程，建议在舞台后方设置另一个场面——(剪影表演)，把驸马如何杖杀灵儿兄长的表演再现一遍，直观地呈现给观众。

朱元璋第一个为难：太子的求情(皇家的尊严、妹妹的可怜)，汪大娘的斩杀(为了正义、斩杀，老百姓都在看着这件事、皇家是如何处理），点醒皇上要斩杀驸马。

朱元璋第二个为难：马皇后的求情（二十年夫妻情、念在夫妻情不杀驸马）；灵儿的亲情（皇家为保女婿，我也是为了兄长，况且我的兄长是为维护国家法度而死的），再次点醒皇上要斩杀驸马。

朱元璋第三个为难：公主的求情（公主怀有身孕，恳请父皇，用父女的深厚感情来说故事）。

经过三个为难，朱元璋流下了眼泪，女儿的哭诉触碰了他，他在思考如果女婿死后，女儿有可能也不能活命，想起女儿肚子里的可怜小外孙，朱元璋老泪纵横。皇帝此时的哭泣，也会令观众心酸、感动，台上台下产生共鸣，观众会真切地理解皇帝心中的无比痛苦与抉择的两难。但钱伯儒用国家的立场、法度的尊严、公平公正的斩杀打醒了朱元璋，他明白了水可载舟，亦可覆舟的道理，故而唱出了下定决心要斩杀驸马的核心唱段。作为皇帝，他内心反复煎熬，是维护国法尊严还是念其家族亲情？是能为民做主让其申冤，做一个明君，还是掩藏案情护驸马，做一个昏君？这里的斩杀意义非凡，十分有戏，层层递进、处处震撼，最终经过强烈的矛盾冲突，朱元璋说出了有力度、有分量、有张力的台词——明日午门问斩。

6.第五场：

（1）添加驸马忏悔过程：驸马的忏悔一定要改在被杀之前，驸马身戴镣铐上场，把原有驸马和公主梦会的忏悔话语演唱出来。斩杀之前忏悔和斩杀之后忏悔的作用完全不一样，只有驸马真心忏悔才能起到教育效果，才能教育其他官员不能破坏国家法纪，达到警醒、教育作用，而这正是戏曲“寓教于乐”的功能。

（2）增加送行场面:在驸马被送至刑场的路上，先后有公主送、太子送、皇后送。

驸马唱出了对所有人的悔恨，尤其是说到自己无颜面对还未出世的孩子时更是泣不成声，他希望公主今后教育好他们的孩子。此刻驸马真心悔悟，所以唱腔要处理得言简意赅，不要拖泥带水。驸马的最后一句话："我悔啊！悔不该一失足成千古恨啊！"重音要落在"恨"这个长音上，驸马夸张的形体动作与催人泪下的念白，在剧场形成了一种特殊的艺术效果。音乐的处理一定要细致，要能打动观众的内心，产生强烈的共鸣。

(3)主角人物的升华:当太监告诉朱元璋驸马被斩的消息，朱元璋内心无比难过。此刻舞台上干净的处理，尽显清冷、孤寂，一束白色的定点光照在朱元璋身上，宫墙之内秋风瑟瑟，朱元璋一人唱出了"城门谯楼歌谣起"的唱段。但目前唱腔的句数还要增加，增加到20多句才能成为核心唱段，才能将戏推向高潮。尤其是唱出自己是如何从放牛娃到一国君主的艰辛，唱出开国容易守业难的道理。

7.落幕：

全剧需要添加一首主题曲，高屋建瓴地概括全剧的主旨。伴随着主题曲的音乐、舞台幕布缓缓落下，纱幕上出现概括朱元璋一生的投影文字，朱元璋此刻也出现在纱幕中，静静地走向了舞台深处。

8.谢幕：

转换风格，建议采用喜庆的凤阳花鼓旋律，成为表现太平盛世的音乐符号。

青春版黄梅戏《梁祝》导演手记

一、导戏之前的故事

2017年6月，我与贵池区黄梅戏剧团第一次结缘。那天，曾经的学生余俊突然给我打来电话，告知我他们剧团准备创作一台原创大戏，询问戏校是否有一位姓吴的导演，我告诉他没有。时隔不久，余俊再次打电话来，说因为一些口误，剧团没有听清楚导演的名字，原来他要找的人就是我。他们要约我去给他们剧团创作一台剧目。没多久我便来到了池州贵池区黄梅戏剧团，在与剧团团长及一些老演员的交谈中，我才了解到这个剧团早些年演员的专业水平相当高，在江南一带的演出很火，

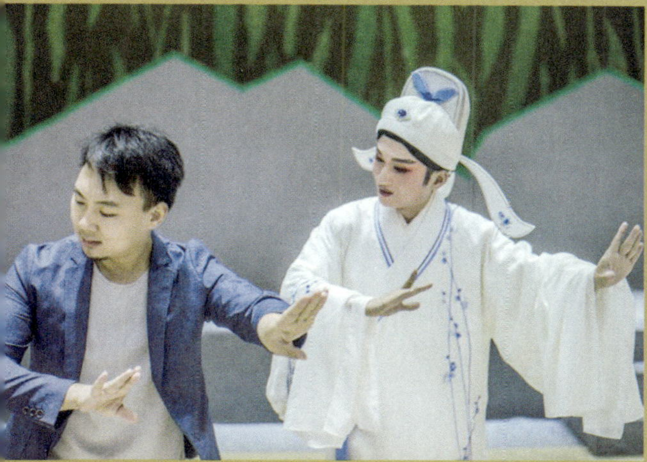

很有社会影响力。

可如今随着老演员的退休或转行，剧团出现了青黄不接的现象。尽管招聘了一些青年演员，但专业水平整体上稍显稚嫩，为此团长内心十分焦急。提高演员的专业水准、提升剧团的创作能力是迫在眉睫的事。他们最初选定排演《傩乡传奇》一剧，我们相谈甚欢，对这出戏未来的舞台呈现满怀期待。可事与愿违，由于种种原因，这出戏最终搁置了。我知道一个剧团创排一出新剧目的困难，尽管这次合作没有成功，但我不在意，并期待着今后再合作。

一周过后，我接到纪团长的电话，他感到非常过意不去，尽管新戏创排不了，无论如何都要请我过去给他们团复排一出剧目，并请我思考哪一出剧目适合他们团。思虑再三，我选择经典作品《梁祝》，他们也认同排演此剧。

尽管是复排，但也要排出新意，也要给予演员一定的提升，绝不仅仅是照本宣科，看录像走位。与演员们见面后，我感觉这个团的演员基础都不错，大部分都是戏校、艺校毕业的学生，只是常年忙于下乡演出，专业业务提高不多。为此我调整了创作计划，为了更快更准确地提升演员的业务技能，我每天排戏前都要给演员们做一个小时的戏剧素质训练。这下好了，不仅是这个剧组，整个剧团的青年演员都来了，连一些老演员也来了。他们坦言，以前排练没有接触过这种排戏方法，他们非常想尝试西方的训练方法。

刚开始演员们还有些排斥，加之传统戏曲的程式束缚，不能很好地解放天性，做起练习来不能放松，想象力也不够。可是大家都很勤奋，每天八点半排练前，都会提前做好功课，准时到排练厅。我从单一的基本训练元素开始，逐步过渡到交流练习、行动练习、音乐练习，再到后来的道具小品。通过半个月的训练，演员们深深感受到学习的重要性，尤其是西方训练的科学性。尽管传统戏曲的训练有其固定的模式，但今日之中国戏曲要想更好地发展，就必须要谦虚学习，提升舞台综合艺术观。正如梅耶荷德所言："21世纪的戏剧一定是东西方戏剧的某种融合。"在此次排练过程中，通过传统与现代两种不同训练方式的交替，我深深感受到了东西方戏剧的交融是多么重要。

在排戏时，我也加强了对演员分析剧本能力的训练，告知演员不能简单地读台词，而要深入剧本的字里行间找寻台词的真正含义。譬如《梁祝》中《山伯临终》一场，如果仅仅是模仿前辈老师的路子，仅仅是把唱腔身段表现到位，仅仅是注重外部形体而不深刻理解角色内心体验，那么演员的表演必然是空壳一具，是没有生命力的，是不鲜活的。

二、新的理解

复排剧目不是简单地搬出之前的视频对其复制一遍，而是要有新的思考，尤其是对剧本的分析要认真仔细。传统戏、新编历史剧、现代戏，不论哪种形式，演员都要学会自己研读剧本，自己做剧本分析，而不是简单读剧本，等待导演分析。要做一个明白的演员，做一个理性的演员。这个剧本看后给你的印象是什么？必须把读完剧本后的心情、情绪、思路确定下来，往往是最普通的感觉：鲜明、明朗、沉闷、痛苦、绝望等。在剧本中哪些瞬间给你留下了鲜明的形象，哪些人物已经在你的脑海中是有血有肉的？哪些瞬间激起你的情绪？是心理冲突还是社会冲突？

所以在《梁祝——山伯临终》一场中要体会梁山伯此时此刻的心境，绝非简单地演唱一段唱腔，实际上，这是一场对命运的控诉、对世道不公的愤怒、对爱情不能圆满的伤悲、对社会门当户对风气的不满、对英台的深切思念、对英台与自己同样

梁祝

梁祝

梁祝

的处境而怜悯的戏。撕药方的行为彻底反衬出山伯心中临死前最后一丝挣扎，他的呼喊、他的泪水、他的语言表现了一切。只有弄懂了这些，演员刻画人物形象时才能够丰满。

九月，《梁祝——山伯临终》首演。演员们告诉我，距离他们上一次走进正规剧场演出已经十多年了。那天大家十分兴奋，也特别专注，整场演出没有一点瑕疵，获得了领导和观众的一致好评。演出后纪团长与我相约今后继续合作，一定要做出一台属于剧团自己的原创剧目，我欣然答应，因为在这个团我能感受到大家对艺术的热爱、对事业的追求，每一位老师都是全身心地投入。也许的确有缘，不久后我们便再次合作了。

传承中华文化基因、传承优良家风传统

——《悠悠南山风》导演创作

一、再次合作，格外亲切

2017年悄然过去，2018年，我接到了纪团长的电话，相约再次合作。2018年是第八届中国（安庆）黄梅戏艺术节，他们想抓住这个时机，在国家级艺术展演平台上展现剧团风采。可是问题接踵而来，剧本在哪里？资金在哪里？剧团实力能不能达到参加艺术节的水准？然而我的做事风格一贯如此，告诉纪团长只要敢做就不要怕困难，要去面对，而不是退缩放弃。

没承想，事情进展得很顺利。我邀请了国家一级编剧王训怀、一级作曲陈精耕等老师加入这个剧组的大家庭中。可最棘手的是，我们该写什么？2018年全省都在创作扶贫题材作品，如何创作出一台独具特色的艺术作品，是需要花费一番工夫

的。时间短、任务重，创作前夕大家都各抒己见。一天，剧团的一位老师无意间说贵池区有一个叫刘街的地方，有一个家风馆，而且那个地方还是青少年教育基地。我考虑去那里转转，或许能捕捉到一些灵感。胜利的曙光似乎悄然显露，我们当机立断，开启了第一段创作之旅——采风。

实地采风刘氏家风馆，让我觉得创作此剧势在必行。我们巧妙地选定了以“家风”作为该剧的切入点，并且为我们的剧目取了一个有意味的剧名——《悠悠南山风》。我力求该剧在一群质朴善良的小人物身上挖掘素材，传递出人世间的真善美，凸显价值取向与道德准绳，创作出打动观众的艺术作品。

二、创作中的体会

1.思想性：树作品之魂、显作品之真。艺术来源于生活，又高于生活，具体到戏剧舞台创作中，就是要清楚地知道我们究竟需要表达什么。池州这块美丽富饶的土地上传承着优秀的家风，家风的传承对当地人们的精神文化、生活习惯产生了深远影响。刘氏家风文化润泽一方，百年家风家训更是传扬四方。全剧讲述了贵池南山村历史上先贤辈出，留下许多励志格言与家训家规。在改革开放的大好形势下，女主人公何巧凤家的小日子过得红红火火，儿子刘浩林考上了重点大学，全家喜气洋洋。不料丈夫出了车祸，幸福家庭成了困难户。巧凤秉承家训，“子孙后代，不论士农工商，宜自食其力，切勿闲游于度”，坚强地挑起了家庭重担，承包果园发展产业。浩林一直以为家里有传家宝，追逐时尚生活。奶奶宠爱孙子，极力满足他的欲望，婆媳二人发生观念矛盾。浩林带女友回家索宝，巧凤告之刘家的传家宝就是好家风。浩林不信，母子不欢而散。浩林借钱创业，误入“校园贷”陷阱，背下巨债，被人追讨，继而失联。惊闻噩耗，刘家人几乎崩溃。在社会的感召和亲情的呼唤下，浩林醒悟归

親遜堂

劉
刘氏家风馆

来，重新抄写家规家训，继承传统好家风。

思想性是作家的世界观、人生观在作品中的反映。一出舞台艺术作品中对思想性的呈现至关重要，一出作品的主题思想是编剧要解答的主要问题，通过作品证实了什么，怎样揭示生活、评述生活。作品中表达的内容与今日的社会生活是否有紧密的内在联系？全剧力求在一群质朴善良的小人物身上挖掘闪光点，传递人世间的真善美。人生行进的漫漫长路上，坎坷、挫折不计其数，困惑、伤痛伴随一生，如何理性、正确、客观地把握正确的“三观”，也许家风的传承是一个重要因素。通过剧中人物错综复杂的矛盾冲突，反映了当代百姓的人生观和价值观，刻画出了有血有肉、有情有感、勇于开拓、积极奋进的池州人的新形象。

习近平总书记说：“家庭是社会的基本细胞，是人生的第一所学校。不论时代发生多大变化，不论生活格局发生多大变化，我们都要重视家庭建设，注重家庭、注重家教、注重家风。”所以说树作品之魂、显作品之真是表达作品思想性的关键，是一出作品能够经久不衰的秘密所在，也是作品的灵魂。《悠悠南山风》中家风对个人、家庭、社会和国家的发展都具有重要意义。注重家庭、注重家教、注重家风，并将其发扬光大是中华民族传统家庭美德，这就是作品的思想或精神，也是能创作出打动观众心灵并引起强烈共鸣的艺术作品真正核心之处。

2.艺术性：化写意之美、立戏曲之根。黄梅戏《悠悠南山风》的剧名能让人感受到一股迎面袭来的淡淡山风。这是一出具有鲜明时代气息、浓厚乡土气息和浓郁地方特色的现代正剧，是一出时代感很强的农村题材艺术作品。中国戏曲“以歌舞演故事”的本质，空灵写意的美学原则，虚拟程式的表现形式都是戏曲艺术的魅力所在。舞台作品之所以打动观众，是因为它能够产生情感共鸣。中国观众最懂感情，一

第八届中国（安庆）黄梅戏艺术节"一剧一评"

悠悠南山風

出戏要能震撼观众的心灵，抓住对内心深处真实感受的细致描绘，引起观众强烈的共鸣，给予观众抒发情感的空间。因此，《悠悠南山风》一剧要牢牢把握住“以情动人”四个字。

创作中重点强调用“情”来打动观众，注重文本的细腻化处理，深挖人物内心，给观众印象最为深刻的“行路你要走正道、行船你要掌稳舵、不怕山高多坎坷、不怕江湖有风波、没有爬不过的坡、没有过不去的河”六句话真真切切地表述了作品内核。这不仅符合现实主旋律，而且能唤起一定的社会良知。家风中弘扬了社会主义核心价值观，发扬光大了中华民族的传统家庭美德。

例如在剧中第七场，当巧凤疲惫、忧虑地回家时，望着空洞洞的家，想着自己所经历的事情，身为一个女人，此时此刻她无法自控，巨大的压力让她喘不过气，她不能在人前诉说，只有将苦水吞入肚中。为此我设计添加了婆婆的出场，增加人物对话，通过人物间真挚的话语来感染观众。

【巧凤家，小院里，没有家禽没有瓜果，空空如也。

【巧凤疲倦忧虑地挑着空箩筐走进空落落的小院。

巧凤：（唱）

摘光了，园里甜甜蜜蜜瓜与果，

卖完了，栏里大大小小鸡鸭鹅。

步沉沉，走进了空落落的家院，

扑簌簌，忍不住的辛酸泪水落。

为孩儿，哪怕是倾家荡产我都舍得，

枉费了，祖上的心血让我心如火灼。儿啊，

不知你，此时此刻想些什么？

不知你，可还在恨我怨我？

大娘：凤啊（大娘上，伤心落泪）

巧凤：妈。

大娘：（把巧凤搂在怀里）儿啊，你辛苦了，

巧凤：妈，我对不起您——

大娘：（摇头）

巧凤：妈，我让您失望了，还记得我刚嫁到南山村的时候，您就对我说做人要勤勤恳恳，做事要脚踏实地。这么多年您的教导我一直不敢忘记，您说这是我们刘家祖上传下来的规矩，要永远铭记于心、永远不能变啊！

大娘：妈知道，这么多年，你操持这个家，里里外外不容易！

巧凤：妈，您知道吗？南山村的山山水水，这里的一切都感染着我。妈，您是我学习的榜样啊！这么多年您事事懂得谦让，懂得包容，全村谁不说您是好人啦？

大娘：（笑）妈妈这也是跟我婆婆学的！还记得我当媳妇的时候，我婆婆也是这样告诉我的。

对于女主人公何巧凤形象的塑造，是立体的，是多层次、多角度的，犹如工笔画般细腻。围绕主人公身边发生的点点滴滴，展现中华女性的传统美德。在家风传承与坚守中的自立自强，彰显出新时代农村女性的艺术魅力！在小家与大家、亲情与

原则等问题的把握上，主人公历经了艰难抉择，最终能够在困惑中坚强、在迷茫中决断。

全剧通过鲜明的矛盾冲突直观地反映了亲情的伟大、人性的善良。本剧告诉观众，世界上不是所有的事情都能用金钱来解决。以真实的生活感悟来表现当下社会的现状以及人的立场，炽热的亲情、善良的人性最终会战胜一切。通过每一场戏事件的展开，深入人物复杂的内心活动和精神世界中。正如卢昂导演曾说过在艺术中要"关注现代人、挖掘现代人的思维、情感和行为方式，敏锐地捕捉现代人生活的典型特征、真正具有时代的特征"，始终强调把故事当中的人物的情感思维和行为方式与现代人紧密相连。

3.观赏性：用奇妙之思、亮舞台之美。艺术作品的观赏重在视觉和听觉的双重效应，两者间要做到恰如其分。《悠悠南山风》的舞美处理原则上突出了舞台假定性和时空的自由转换，强调舞台的写意性、流畅性、空灵性，注重布景的写意性、装饰性、点缀性。通过对舞美的精细处理展现全剧的总体形象并且赋予舞台象征性的寓意。整体的空间造型强调简洁、洗练，不过分写实、具象，也不过分抽象。

全剧注重观赏性，主创团队运用巧妙之思，展现舞台亮丽之美。全剧在原有舞台的基础上搭建了一个错落有致的平台，不仅利于形成视觉上的层次感，便于舞台调度巧妙灵活地处理，还可以便于演员在多演区位置的表达情感，让舞台的画面具有通透性，形成舞台的纵深感。在重点场次祠堂戏份上注重形成多个舞台支点的表演，形成上下场的连贯。实现空间的完美划分，不在舞台上搞满台硬景片，注重写意而不是写实，把舞台空间留给演员。

同样，强化人物形象造型、烘托场景氛围、渲染特殊情绪，准确表现光的变化也

是全剧灯光设计的重点。在现代戏中，强调富于表现性的写意光的运用，突出大写意光，强调戏曲的虚实相间。把握住每场光的基调，设计出具有特定意蕴的灯光，表达特定情境中光的变化。每一场灯光要把握准确，通过光的变化在人物的内心营造不同的情感，在巧凤心中产生波澜。尤其要注意光在冷暖色调转变过程中的自然流畅。由于全剧舞美的设置，在舞台空间的立体呈现上会出现高低、纵深、多层面、多支点的样式，这就决定着灯光对各个演区的不同情绪表达，尤其是特定定点光的处理会强化表演的瞬间、外化人物的内心。总之，《悠悠南山风》要强化灯光的表现作用，不仅要完美地体现布景环境，更要渲染和呈现现代戏的情绪色彩，进入人物的内心世界，成为人物内在情感的外化形象。

音乐形象的完整性和连贯性是《悠悠南山风》全剧音乐形象的标准。音乐创作既要紧密地贴合全剧的主题思想，又要保持黄梅戏本体特色，保留原汁原味的泥土气息，而且有意识地融入池州傩戏音乐的元素，使得整个音乐节奏流畅而富于意蕴，起伏跌宕，悲喜交加。要强调黄梅戏剧种的风格和时代感，要与现代人的审美情趣紧密结合，设计优美动听的全剧主题音乐来贯穿全剧，在人物形象音乐的创作上强调性格化元素，挖掘每一个人物唱腔的个性色彩，充分揭示人物的内心流程，创造出典型且鲜明的个性化音乐唱腔，达到写人、写情、写事的完美结合。

对音效的处理要精细，要借助这些音效让演员产生身临其境的感觉。音效是全剧听觉形象的一个重要组成部分，有它独特的魅力。每段戏规定情境的提示以及舞台气氛的烘托渲染，往往靠它来表现。音效对烘托该剧的气氛有着不可低估的作用，无论是对外在环境的描绘、情感的表达，还是恰如其分地为揭示主题、人物和戏的思想内涵服务，都要做到恰到好处。

4.互动性：走心灵之境、聚世间之情。世界三大表演体系中，戏曲艺术独树一帜，其“表意主义”的艺术特性使其屹立于世界戏剧之林。中国戏曲是开放的舞台，它明确承认舞台演出扮演性的存在，公然彰显舞台虚构的艺术特性，讲究互动，从不回避与观众交流。戏曲艺术不要求演员一定在生活在“第四堵墙”之内。戏曲演员在舞台上不仅要使观众相信他所创造的人物形象，而且要引导观众进入人物的内心世界中去，与其一起思考、判断、交流、呼应。戏曲中演员的表演对象就是观众，演员一方面向观众展现人物的生活情境；另一方面又把人物内心的思想情感或心理活动直接向观众倾诉、与之交流，获得观众的同情与支持。

戏曲演员表演的直接和坦诚让观众在观剧过程中总是以一种积极、主动的态度参与舞台演出的想象与创造，这样就一下子拉近了演员与观众之间的审美距离。中国戏曲明确为观众表演，并直接、坦诚地与观众交流，从而形成观众积极、热烈地参与舞台演出的共创与交融的观演关系。剧中男主人公浩林多次与观众直接交流，将自己做事的态度与方法直接告诉观众，并寻求观众的答案，同时根据观众的回答来随时调整自己的表演形式，观众与演员一起参与表演，一起为剧中情节悲喜交替，一起期待着全剧的走向。在中国戏曲舞台上，演员把观众当作自己的知心朋友，直接将人物的心声倾诉出来，赢得观众的理解、同情和支持。

此外，全剧群众场面较多，在全剧的节奏推进上考虑利用演员的肢体语言来表达自己内心的情绪情感。全剧虽是戏曲现代戏，但其中融合了大量的现代歌舞，并且利用群众造型来衔接各场的变换，让其成为舞蹈造型新的表达语汇。这种表演增加了观众的参与度，打破了一味平行调度的传统舞台，增加了舞台的纵深调度，丰富了舞台画面。

全剧开场罗城民歌的艺术处理，充满质朴、浓郁的地方特色，在通过演员舞蹈形体语汇来传递“行路你要走正道，行船你要掌稳舵，不怕山高多坎坷，不怕江湖起风波，没有爬不过的坡，没有过不去的河”的意境。流行音乐《奔跑》的融入传递出同学们的青春、快乐、洒脱。通过戏曲舞蹈的肢体语言来表现大学生校园的生活；运用肢体语言来表现大学生们的向往与困惑；将戏曲与舞蹈有机融合，树立动感的视觉形象。

对于《悠悠南山风》的创作，我想把代表中华民族优秀传统美德的家风融入舞

【艺术节回顾】优秀黄梅戏展演剧目《悠悠南山风》

文章来源：中国安庆黄梅戏艺术节 发布时间：2018-11-01

第八届中国(安庆)黄梅戏艺术节展演剧目《悠悠南山风》由王训怀编剧，[illegible]导演，陈精耕作曲，魏丽华、方海、朱金玲领衔主演，池州市贵池区黄梅戏剧团有限公司出品。

台艺术实践创作，让青年观众通过文艺作品的弘扬与传播，提升自己的审美情趣和道德情操，大力培育和践行社会主义核心价值观，传承中华文化基因，不断增强中华优秀传统文化的生命力和影响力。用艺术的手法来传播“诚信有礼”的优良家风、树立“立德树人”的教育之风、弘扬“满腔正气”的文明之风；注入新时代的内涵，为全面建设社会主义现代化国家、全面推进中华民族伟大复兴贡献力量！

5.关于舞台空间格局样式的一些思考。传统戏曲舞台美术的景物造型比较简单，剧情里的时间与空间都是通过演员的歌舞化表演来表现的，即所谓的“景随人移”。依靠演员的上下场来改变舞台的空间环境，诱导观众积极想象，使原本空荡的舞台产生情景交融之感。传统戏曲的舞台空间高度灵活，戏曲舞美遵循着写意、传神、夸张、变形的基本原则，在流动的空间环境中充分发挥演员唱念做打的程式技艺。

新时期以来，随着戏剧舞台表现内容的宽广、演出样式的拓展和新科技材料的广泛运用，戏曲舞台艺术也发生了巨大变化。在导演的整体艺术观构思下，在新剧目演出实践中探索不同舞台空间格局样式，揭示剧本的内容和创作主旨，追求舞美风格的个性化与独特性，也是舞美创新的生命力所在，更是戏剧创作多样化的必然。舞台美术以其新颖独特的艺术形式来描绘戏剧情境，营造舞台气氛，创造极富个性化的舞台视觉艺术形象。因此，突破传统戏曲舞台样式的单一化、模式化，大胆且自觉地在传统的基础上进行守正创新，导演要从整体上全方位地进行把握。

近些年，戏曲舞台样式呈现多样化、多角度、多风格的发展趋势，展露出戏曲异彩纷呈的繁荣前景。各种舞美样式相互补充，尤其在新编历史剧和现代戏中的样式创新更为凸显，更能展现鲜明的时代特征，展示当代戏曲导演独有的创作个性和风

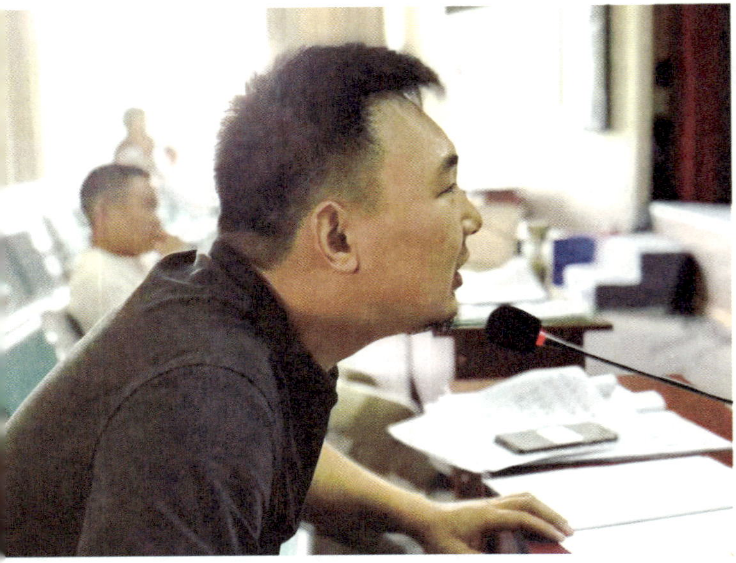

格。在我十多年的导演创作过程中，我一直努力找寻每出戏的舞美样式。我深知能否找到准确而富有个性的演出样式，往往决定着一出新创剧目的成败。找到准确的样式，戏就成功了一半。

所以在对待每一部作品时，我都十分注重在作品中对民族戏曲精神的弘扬，力求在“大写意、小写实”的原则下，与舞美设计师一起找到合理、准确的戏曲时空处理办法。我一贯主张戏曲艺术要牢牢把握虚与实的关系。舞台处理得太虚，不足以展现当代生活的丰富多彩，不适应当代观众的审美需求，反之又必然导致戏曲形式美的退化，使戏曲丢掉了特有的传统神韵和艺术魅力。在传统戏和新编历史剧与现代戏的舞台上，舞美的艺术功能迥然不同，传统戏曲演出基本上不用布景，多是一桌二椅及砌末的变通使用，根据戏剧人物的舞台调度和身段造型，加以服装、化装的色彩。传统戏曲强调表演艺术对舞台空间的主导作用，是凸显“角”的艺术。

传统戏曲讲究写意传神、化繁为简，而新编历史剧与现代戏更多的是一种整体格局，是一种着眼于戏曲表现生活构造的舞台形象总体方式。导演需要以生活为根据，根据剧情需要，充分运用舞台空间，把布景、灯光和导演调度，人物造型与身段等综合在一起，组成舞台画面。焦菊隐先生说：“和表演一样，戏曲舞台美术也特别强调尊重观众的想象力在演出中的重要作用，它尽量用最少的东西，激发观众想象力，去引起最大的活跃，使观众通过他们活跃的想象，参与到舞台生活中来，补充丰富舞台上的一切，承认假定的一切。”舞台空间环境的设置要巧妙地处理好传统戏曲的“虚”与现实生活的“实”，虚中有实，实中有虚，虚虚实实，充分发挥舞台的假定性作用，帮助观众在联想中重建戏剧空间，让舞台上的人物有效行动起来，让舞台上不同空间的人物进行对话，在一种中性的环境中展开情节。其实无论哪种形式，导演所强调的舞台演出样式创作都十分重要，都要避免让舞美设计出现本末倒置、画蛇添足的情况。

戏曲演出样式多样化、多角度、多风格的发展趋势，标志着戏曲艺术发展的新阶段。一种新的演出样式的觅求、创造，既是戏曲跟随时代审美脚步的发展，也是观众审美需要的结果。其实对演出样式时代品格的把握，不论是运用什么手法和材料，舞美设计和导演的构思都只能以物质形态出现在观众面前，让观众通过视觉感受来体悟它们的实际存在，从中领悟戏曲表演艺术家们赋予作品的深刻内涵。我在执导每一部黄梅戏作品前都会打开自己的创作思路，准确把握戏的创作走向，保留、发扬传统戏曲固有的特色，赋予其新的艺术品格，对剧本风格、体裁的处理，我也有自己的见解和观点，我会按照戏曲艺术的规律，描绘出未来演出的蓝图，寻找与传统戏曲艺术神韵间的契合点，借鉴、学习其他艺术门类的精华，以今天观众的剧场需求为参照，发挥地方戏曲剧种的艺术风格和特点，改编、创作出具有新的艺术光彩的人物形象，让不同层面的戏曲观众都能接受并喜爱。

戏曲导演艺术是一门统摄多种艺术门类进行完整舞台演出创造的艺术。戏剧样式多元化、现代化的发展态势，构建了当代戏曲革新浪潮中的总体面貌。程式是戏曲艺术的特殊标志，具有象征性、虚拟性、会意性，导演要抓牢程式的节奏、内蕴，构建完整的舞台结构、舞台节奏及其韵律。必须牢牢把握戏曲“程式感”，在现代戏和新编历史剧目中化变程式。新的舞台空间格局的找寻对导演组织舞台调度形成一幅幅极富雕塑感的画面极有帮助。借鉴不是拼盘，“拿来”不能套用，必须在本剧种特色的基础上，根据内容进行提炼、融合，保持艺术上的完整、统一。

新时代随着创作题材内容的丰富与深化，原有的戏曲舞台演出样式和今天的社会生活以及当代观众的审美需求，产生了明显的不适应性。戏曲艺术必须改革创新，要以新的演出样式塑造新的艺术形象，去反映这个伟大的时代，让传统艺术焕发出新的活力和光彩。作为导演，要站在当代观众的角度，从传统出发，大胆借鉴、吸收外来的艺术养分，给传统样式注入新鲜血液，积极探索新的样式，创造出具有现代品格的中国戏曲。

“人物形象种子的寻找”

——《吉祥草》导演创作

一、马头琴名曲《鸿雁》，找到了——

【歌队手捧吉祥草，载歌载舞。

幕前歌队唱：

青青一棵草，

伫立静悄悄。

狂风吹不倒，

雪压不弯腰。

青青一棵草，

伫立静悄悄。

偎依着大地母亲的怀抱，

静悄悄，静悄悄，

把明媚的绿色，祥和的微笑，

撒遍那天涯海角…

简单的唱词透露出不一样的情感，那一株株青青小草，在逆境中顽强成长，如

PARTY
LA SIGHTS
MAY 4

同画面跃入我的眼中。当我第一次听到《吉祥草》这个剧名，看到这出剧本时，我就被剧中的人物感动了。我暗下决心，一定要把这部作品排好。

然而，现实的困惑却让我高兴不起来，做了许久的案头工作，我始终找寻不到全剧“人物的形象种子”，在灵感到来之前，我只有停止我的工作。直到有一天，因为一件事的触动，一瞬间我找到了——

2018年暑假，我在外导戏的同时，还参加了在上海举办的国际导演大师班的毕业典礼。人在上海，可我的心依旧留在戏的创作里。一天早晨，我打开微信，一条信息跃入眼帘，一首曲子在我耳边响起，引起了我的注意。我坐在窗台前一字一字、仔仔细细、认真地阅读信息。不知道为什么，那一刻，一个坚强男人的内心被撞击了，我流下了两行泪水。

信息的发送者是《吉祥草》的服装设计周海生老师，那天正好是他父亲的百日忌日，他在祭奠父亲的文字中，写出了一个儿子对父亲的深切思念。在字里行间，我看到了他们父子间的深厚亲情，父亲的离世对儿子的打击是多么沉重！我听着马头琴演奏的歌曲《鸿雁》，我的思绪也在不断追忆，我也想起逝去的亲人，我的爷爷、外婆、老师、朋友等等，在不经意间，我看到吉祥的母亲走到我的身边，我一下子就捕捉到了吉祥的影子。我从全剧第五场高潮处反推该剧的舞台行动，找寻人物的形象种子。吉祥独自飞奔在漫天大雪间，在茫茫的大雪后山，呼唤着已逝母亲的画面在我脑海中萦绕，吉祥跪在母亲坟墓前哭诉的一幕幕场景，犹如一根根尖刺扎在我的心上。

我的心结打开了，终于找到了《吉祥草》的创作动力和方向，创作信心树立起来了。正因如此，整个排练过程特别顺利，十四天的时间，全剧的框架就初步立了起来。

二、收获中的感动回忆

2018年《吉祥草》排练结束，2019年先后获得了安徽省第十五届精神文明建设"五个一工程"奖、安徽省民营院团"十大名剧"，2020年参加安徽省脱贫攻坚优秀题材剧目展演，荣誉的获得是整个创作团队和剧团所有工作人员齐心协力的结果。现在细细回想，我依然感叹芜湖县黄梅戏剧团的优秀！

我的老家在芜湖，回家乡排戏对我而言有不一样的情感。团长曹帮萍约我来创作时，在电话中我就感觉到这是一个干实事的团长，是一个有魄力的团长。曹团长也很信任我，我带领年轻的创作团队来到了芜湖，大家谈得非常投机。在交谈中得知，剧团演员来自五湖四海，剧团的开支全靠演出收入来负担。剧团始终坚持以市场为导向，以质量求生存，以服务群众、弘扬传统文化为宗旨，走出了一条适合自身发展的特色之路。近些年，剧团重排了《江姐》《龙女》《三打白骨精》等剧目，新创剧目有《铁画记》《王能珍》《名优》《戴安澜》等。剧团常年流动演出于安徽、江苏、浙江等地的基层农村，每年演出500多场，服务观众百万余人次。我为这样一个优秀的基层院团点赞！我觉得我有义务带着我的团队来帮助他们。

我多次思考，安徽是一个戏剧大省，民营剧团对戏曲文化的繁荣和发展做出了突出贡献，他们在广大乡村有着深厚的群众基础，深受老百姓喜爱。但民营院团的演员常年忙于演出，是很少有机会再去学习充电的。因此，在排练之余，我专门给演员们做了一次题为《戏曲演员角色创造过程中导演思维的融入》的讲座。我从东西方戏剧的比较融合和大家谈21世纪戏剧发展，以及当下不同的戏剧表演样式，大家听得很认真。2019年，我们学院申报的国家艺术基金项目——黄梅戏表演人才培养，就是专门针对安徽省内民营院团演员培训而设计的，芜湖县黄梅戏剧团的三名演员也来参加了学习。我想这种培训应该多举办一些，对民营院团演员们专业的提升会有很大的益处。2022年，我院又成功申办了国家艺术基金项目——黄梅戏基层院团骨干人才培养项目，为基层院团演员们的再学习提供了机会。希望安徽黄梅戏艺术职业学院能申报更多的国家艺术基金培训项目，为戏曲演员的再学习创造机会、提供平台。

三、创作中的点滴

“青年一代有理想、有本领、有担当，国家就有前途，民族就有希望。”生活在21世纪的青年人，要有自己的人生理想，要有自己的正确的价值观，要规范个人的行为方式。尤其是物质文明日益发达的今天，在名利和金钱的诱惑面前，如何保持初心，既能真正实现自我价值，又能很好地塑造完美人格。黄梅戏《吉祥草》对人民教师纪兰在学校扶贫过程中的点点滴滴进行了细致入微的描绘。纪兰老师发现教育培养青年学生们，不仅要给予物质上的关注，更多的应该是塑造学生健康、完美的人格。在国家教育扶贫的道路上，精神上的扶德、扶志比起物质上的扶贫实际上更具有历史性意义。《吉祥草》一剧中，无数个普普通通的小人物身上散发着夺目的光辉，彰显着人性的真善美。在未来的演出样式中，要力求透过演出让观众深切感受、领悟扶贫的真正意义所在，要理性客观地弄清楚扶贫与扶志、扶德三者间关系，在接受扶贫的过程中，不断坚定自我价值观念与道德准绳。

在《吉祥草》一剧中，吉祥、小磊等诸多青年贫困学子在历经生活中的坎坷、挫折、困惑、迷茫后，仍能笑对社会、笑对人生，不畏艰难险阻，真正实现自己的人生价值。全剧要让观众强烈感受到青年人的思想观念、思维价值。因为不同的思想观念会产生不同的价值取向，不同的价值取向将会导致个人选择不同的生命道路，不同的生命道路也将汇合成不同的思潮，而这种思潮终将决定着一个民族的盛衰、一个民族的希望！黄梅戏《吉祥草》是一部现实感、时代感很强的艺术作品。剧中对女主角纪兰老师的刻画细腻深刻，实际上，这也是当下无数老师的缩影，发生在纪兰老师身上的事，在其他老师身上同样会发生。这些小人物的身上用情来贯穿、用情以抒发，吉祥草展示着生活的绚烂，不仅在于路途的漫长辽阔，还在于人生的曲折多变。吉祥草显示了春的意志和永不凋谢的青春，人们似乎可以闻到春天的芬芳。

排练中每次排到第三场，我就感觉激情达不到顶点，戏的高潮点推不上去，总觉得缺乏一个关键性动作。在一次次磨合排练中，我增加了一个桥段：当吉祥逃学回家后，吉父恨铁不成钢，吉祥心疼父亲的身体，不愿意父亲辛苦工作，父女两人此时因为误会发生了冲突，吉父情绪失控，挥手打了吉祥一巴掌。当巴掌落在吉祥脸上的时候，演员的表演是静止的，情感是凝固的，观众的心是纠结的，甚至连一根针落在地上都能听得见。一巴掌这个典型动作的设计，表达了人物的性格，升华了人物的情感。同时，我写了四句伴唱，每当这四句伴唱响起时，观众席中都会有人落泪，观众们被这对父女的深厚情感打动了。

得贵：吉祥，爸爸都知道，可是这些不要你操心，你好好学习爸爸就满足了。

吉祥：不，我不能那么自私，爸，我是决不回学

校的。

得贵：你、你、你，你太让爸爸失望了！（打吉祥）

（伴唱）：

一巴掌打得响，

万千思绪融心房

一巴掌打得脆

打碎父女揉碎肠

吉祥：（惊讶，伤心）爸，你……

【吉祥哭泣跑下。小磊稍犹豫，随后追下。

此次排演《吉祥草》，我大胆采用了古希腊歌队的表现形式，呈现别具风格的艺术样式。这些歌队人员在全剧中可以调节节奏、创造停顿、放缓剧情。他们时而舞蹈，时而处在戏剧冲突中，时而又扮演着剧中的角色。运用歌队的表现形式是一种导演语汇的表达，更是意念化符号的处理，歌队的唱词是人物清晰行动线的脉络，是人物个性的彰显，更是全剧主题思想的灵魂。

全剧在舞美设计上注重大写意、小写实。在原有舞台的基础上，搭建一个错落有致的平台，便于演员于多演区位置表达意境，也利于视觉上呈现层次感，形成强烈的视觉冲击，便于舞台调度的灵活处理。同时，全剧还设置了一个活动小平台，通过各个平台的组装或拼接，形成了每一场的立体式样，让多重空间有机衔接起来。舞台空间以虚为主、以实为辅，强调简洁、洗练、空灵，突出戏曲舞台的假定性和时空的自由转换，强调舞台的流畅性和写意性。设立多个活动支点，形成上下场连贯。

设计出暗示全剧总体形象的空间造型，并赋予象征性。

对吉祥草这一物体意象性的表达要巧妙处理，它的设置是全剧的亮点，它既是一种符号的表达，更是全剧风格样式的呈现。运用框架形式或写意的艺术处理，取其精髓，不过分写实、具象，也不过分抽象，表达出吉祥草旺盛、倔强、自强不息的生命品格。第五场坟墓的设计，是该剧的亮点。此次艺术处理，绝不能在舞台上呈现坟墓的固有造型，而是运用独特的表现形式来表达这种场面，让观众去体悟坟墓的所在。

灯光要进入人物的内心世界，成为人物内在情感的外化形象。《吉祥草》一剧对光的运用有着特殊的要求，每一场灯光的基调都要把握准确。尤其是光在冷暖色调转变中一定要流畅自然。要强化人物形象，烘托场景氛围，渲染人物情绪，要强化富于表现性的写意光的运用，强调戏曲多时空舞台空间的虚实相间。因为全剧舞美在舞台空间的立体呈现上，会出现高低、纵深、多层面、多支点的样式，这就决定着灯光对各个演区的不同情绪表达、对区位的划分和多重时空的碰撞。《吉祥草》要强化灯光的表现作用，突出流动的大写意光，这样不仅能表现出季节的变化和时间的流转，还可以表达审美节奏的变化，更能显示出人物的情绪和心

《吉祥草》服装设计

理。所以说,因灵动灯光的存在,舞台有了生机。

戏中人物的穿着打扮和化妆造型,一定要根据具体人物的身份、年龄、地位、职业、气质、爱好等各个方面来权衡考虑。从服装、化妆上给予人物以外部性格的呈现,但要具有时代气息。剧本描写的就是当下的故事,切忌把戏的服装做得很俗、很土,要具有时代特点,要有青春气息。《吉祥草》中要注重服装设计的细节化处理,什么人物适合用什么样的纹样、花色来点缀和强调,用什么样的暗花来表现才显得有层次。要敢于打破传统服饰表现形式,进行一种服饰新理念的表达。人物用何种造型来突出也要细致考虑。在服装的色彩表达上,要突出纪兰与吉祥两人的服装色调,场与场之间要有所变化。在整体要求下,我建议把黄梅戏《吉祥草》的服装与造型分为三类,而每个类别的重点是不同的。

1.主要演员:侧重于写实性,在写实的原则下加以一定的美化。注意每个人物的个性，做到突出角色的典型性与个性化。其实，现代戏的服装也可以借鉴传统人物的表演性格来考虑(青衣、小生、武旦、花旦、老旦、须生、丑)，看其服装知其性格，服饰成为演员性格表现的重要载体。

2.群众演员：侧重于整体感和装饰感。从服装和造型上注意统一性，这种统一的整体感和服饰感建立在一定真实性的原则上。颜色不可太杂，但在样式(领口、袖口、花纹、装饰)上可以有巧妙的变化。

3.歌队演员：运用吉祥草的样式，统一全剧的风格。

全剧的歌舞化场面较多，此次创作中，我想把歌队的样式表达在全剧的节奏推进上的处理做足、做好，利用演员的肢体语言来表达人物内心的情绪情感。中国戏曲“以歌舞演故事”的本质，黄梅戏载歌载舞的艺术特色，都注定了舞蹈语汇的表达在《吉祥草》一剧中的分量。现代戏中可以大量运用歌舞、群众造型来衔接各场的变换，成为一种舞蹈造型的新的表达语汇。歌队造型舞蹈表演要打破传统的一味平行调度的呆板风格，增加舞台的纵深调度，丰富舞台画面以及增加演员的全方位流动。

黄梅戏《卧牛村的女人们》导演手记

一、怀念方云从老师

2020年9月，我忽闻方云从老师驾鹤西去，内心十分悲痛。但当时我正在外地导戏，准备参加黄梅戏展演周，故无法分身去合肥吊唁。排练结束回到宾馆，方老师的慈容笑貌在我脑海中浮现出来。记得方老师把《卧牛村的女人们》初稿发给我时就对我说："你大胆调整，一定要把新思想融进来。"我知道方老师这是谦虚，他不仅是一位知名编剧，也是一位导演，他能编能导能演。但是方老师告诉我他年纪大了，创作中难免会有固化的模式，希望我的加入能为这部戏添彩。方老师向剧团提出要请一名导演，要在他固有的思维模式下渗透进新鲜的血液。正因如此，后来陈立团长打电话给我，我也欣然接受了这部戏的创作。

我和方老师的第一次相识，是在2014年安庆市黄梅戏(地方戏曲)研究院方撼副院长主办的首届黄梅戏编剧读书班上。我不是编剧，只是想从编剧的角度多听听课，这肯定对自己日后的导演创作有益。我与方老师也只有一面之缘，后再未联系。方老师说他推荐了我，后来才得知他是从王训怀老师那里寻来的电话号码，他说想与我合作。

在排练中，我和老爷子合作得非常默契。作为晚辈，我十分尊重方老师，方老师也十分诚恳地与我商讨每一场戏的调整、修改。在第八届中国(安庆)黄梅戏艺术节展演上，《卧牛村的女人们》犹如扑面而来的一阵春风，散发着浓郁的泥土清香，吸

卧牛村的女人们

引了广大的观众。

二、《卧牛村的女人们》的故事来源

2011年，望江县被列为国家连片特困地区大别山片区县和贫困革命老区县。无数党员群众前赴后继，开展脱贫攻坚战，经过九年的时光，2020年，望江县摘掉了贫困县的帽子，实现了历史的跨越，老百姓过上了幸福美满的生活。《卧牛村的女人们》正是取材于望江县幸福村徐结红、徐庆云夫妇勤劳创业、脱贫致富的感人故事，加以艺术创作而来的。全剧围绕投资建厂房、严把服装质量、选举厂长等事件来挖掘形象，推动全剧的行动脉络。通过同学矛盾、乡邻矛盾、夫妻矛盾、亲人矛盾等一系列矛盾的巧妙设置，增强了全剧的可看性。

初看《卧牛村的女人们》剧本，感觉很接地气。黄梅戏现代戏的表演达不到京昆剧种对程式表演的高要求，更多的是强调生活化的表演。正是黄梅戏这种少程式束缚、灵活多变的表现形式，使之在表现现代题材时能够做到游刃有余。全剧通过主人公肖晓岚书记在卧牛村脚踏实地、勤勤恳恳、任劳任怨地工作，表现了党员干部在习近平新时代中国特色社会主义思想的指引下，把党的工作落实到实处的自觉性。全剧的外在矛盾强烈，内在矛盾彰显，在内外两种矛盾的相互碰击下，从一群朴实的留守农村妇女的身上，展现了鲜明、质朴、多角度、多方面的人物性格。尽管剧中的人物都是小人物，但他们都充满着亲切感。人物的形象尽管有思想自私的、自我主义的、煽风点火的、旁观无语的，但他们都是真正的、活生生的人，这是人的本真。他们对自己的未来充满憧憬和希望。

三、情感高潮点的设置与添加

我阅读剧本时发现，尽管全剧主题思想鲜明，现实意义彰显，矛盾冲突尖锐，人物性格突出，行动脉络准确，但似乎缺乏一个制高点，在主人公肖晓岚的人物行动上还少了一些推力，因此，情感高潮点上不去。我认为艺术创作讲究多角度、多侧面、立体刻画人物形象，所以必须增加肖晓岚留在卧牛村的动力和阻力，加大其自身的两面性，不能把共产党员刻画成样板戏中“三突出”的人物形象，需要多角度、细腻地挖掘女主人公的思绪，加入她与丈夫的矛盾、与孩子的矛盾。肖晓岚自己有没有自我察觉到对家庭的关爱缺失？她为什么会有这么大的决心留在卧牛村工作？仅凭一腔热血吗？是否可以在剧情上设定为她的父亲也是一名干部，在为党的工作中牺牲了，以彰显其奉献精神的来源？

方老师在全剧的核心唱段上下足了功夫，在唱词的铺排上为作曲留足了空间，运用内心独白的表现模式，将各种矛盾冲突都集中在此体现出来。资深黄梅戏作曲家虞哲华老师，在全剧音乐设计铺排上花费了巨大精力，在核心唱段中采用了多种板式的成套唱腔，快板、慢板、散板、清板、伴唱、合唱，如此书写与表达，可谓精彩纷呈。

肖晓岚在面对重重困难中，时刻提醒自己是一名共产党员，严格要求自己，从总书记的话语中获得了克服困难的信心。

第四场（肖晓岚看这满眼乱象百感交集）

晓岚唱：

面对这人去屋空满眼杂乱，

不由我一腔委屈涌上心间。

自从下派当村干，

我满怀激情如火山。

心中暗暗立志愿，

不达目标誓不还。

访贫问苦户户到，

政策落实不拖延。

为寻脱贫致富路，

走村串户搞调研。

脱了鞋袜走田埂，

卷起裤脚登渔船。

湖滨办起了农家乐，

滩地种上了菱和莲。

创办这间服装厂，

原只望妇女撑起一方天。

又谁知奔波劳累反遭怨，

竟说我内外勾结把便宜占。

村干遇事和稀泥，

出现矛盾只作壁上观。

再苦再累我不怕，

真乃是任劳容易任怨难。

合唱：

理想如火山，

现实如冰川，

任劳容易任怨难。

晓岚唱：

下乡前朋友私下对我言，

农村的事情很麻烦。

亲戚联成关系网，

宗族纠结更难缠。

服装厂问题出在领头雁，

换厂长必然要过亲戚关。

前进路上满荆棘，

转身回头天地宽。

等到挂职期限满，

回城安享合家欢。

心愧疚，脸发烧，

胸中滚滚起波涛。

总书记的话语在耳边绕……

（画外音："人民对美好生活的向往，就是我们的奋斗目标。"）

党旗下曾宣誓把终生交给党，

怎能够一遇挫折就把信念抛？

党教我带群众奔赴小康道，

再苦再累再委屈决心不动摇。

在这里的创作中，我把习近平总书记的画外音增加进去，无论是排练还是演出中，每当总书记的话语响起时，观众就感到内心热血澎湃。画外音在此处的添加我认为是合适的，符合规定情境下人物情感与舞台气氛升华的要求，绝不是生搬硬套、强行为之。

四、创造新程式

如何化用程式、如何在现代戏中融入传统戏曲元素，是当下戏曲导演必须思考的问题。戏曲产生于封建时代，多反映古代劳动人民的故事。时代在飞速发展，虽然戏曲的表现形式是前辈艺人们留下的结晶，但也要与时俱进，努力创作出符合当下观众审美需求的新程式。这也是戏曲“创造性转换、创造性发展”的必然趋势。

第三场，车间（村部活动室改成的临时制衣厂，缝纫机排列成行）

合唱：

夫在外乡拼，

妻在家中累。

勤奋共筑幸福巢，

温馨又和美。

同奔小康路，

无怨也无悔。

有女人才有家，

家牵游子归。

（合唱声中：妇女们将成衣在身上比画舞蹈。舞蹈场面）

仅从剧本上看，这里可以排成非常好看的舞蹈场面，交给舞蹈编导去编排，导演自然省力。但认真严肃地反思一下，这个场面是戏曲的吗？有创新点吗？可视性

好好学习 天天向上

在哪里？导演的发散点在哪里？起初我的设想是在合唱中通过现代舞蹈肢体语汇来体现，制作十二台缝纫机道具，并且在可移动的缝纫机上面安装滑轮，通过推动缝纫机，再结合演员的手势语汇，表现服装厂车间的工作场面。机器可以作为舞台的移动支点来处理，不仅便于形成舞台的空间流动感，也便于演员以载歌载舞的形式表现。

可转念一想，这是戏曲的表现形式吗？拖着十二个缝纫机道具在舞台上来回穿梭，尽管时代感有了，流动感强了，但违背了戏曲的本质，搞得像音乐剧。程式性、虚拟性、夸张性、行当化都是戏曲独有的艺术特征，我们绝不能丢弃。

为此我在全剧中设置了十二张凳子，这些小凳子时而组合，时而分开，灵活机动。尤其是在制衣厂这场戏中，我将舞台假定性充分发挥，将凳子假定为缝纫机，通过演员们徒手表演，用虚拟的动作来模拟出生产车间中整个工作流程，做到真实、自然、贴切，让观众感觉这组表演既贴近生活，又是戏曲的形式，不会产生违

和感。全剧没有什么大道具，这12张凳子的巧妙使用为戏的舞台节奏提供了强大的动力，把舞台交给演员，观众是欣赏演员的细腻表演，而不是看舞美灯光的展示。

五、在剧本里寻觅

1.全剧人物众多，但编剧在刻画人物上下了功夫，力求每一个人物，哪怕是只有几句台词的村妇，性格都十分鲜明突出。这有点类似美术中的速写，轮廓线条感十足。观众在字里行间，在念白、唱腔间，能深切感受这些人物与自己有相似感。

2.全剧的矛盾冲突十分明显，既有强烈的外在冲突，也有主人公复杂的内心冲突，在冲突当中将全剧的主题思想予以升华，在冲突中塑造了一个个鲜活的人物形象。

3.全剧从小处着手，女主人公肖晓岚在扶贫道路上亲力亲为，本着全心全意为人民服务的宗旨，践行着驻村第一书记、共产党员的光荣使命。本剧的主题思想与现实意义非常深刻，是一出可以用心打造的黄梅戏。

4.本剧服装设计是关键。本剧人物众多，因此，在服饰设计上要风格统一协调，细节的地方讲究到位。服饰是凸显人物性格的重要手段，不同性格的人物，在服装的设计款式、设计理念、设计风格上都有诸多差异。

5.本剧群众场面的舞蹈化处理是一种独特的艺术手段，全剧充分体现了“以歌舞演故事”的戏曲本质，通过妇女之间的舞蹈场面，让整台戏灵动、充满活力。画面时而打开，时而合纵，在彰显整个舞台气氛的同时，注重舞台空间的流动感、造型感。

6.全剧的音乐处理也很关键，音乐质朴清新，富有独特的黄梅戏传统韵味。人物的大段核心唱腔要有层次，要有力度，要有波澜壮阔的激情。音乐要煽情，要触动观众的心灵。

7.全剧舞美以大写意、小写实的方式来处理。既要表现出山村的面貌、农村的景象，又不能太土气、没创意。尤其是全剧农村室内、室外空间的处理，舞台上大树固定支点的设计，以及大量移动支点的把控，都要精细化处理，可以运用框架结构来立体化展现村庄的场景。

8.全剧灯光处理要富有诗情画意，重点是人物内心情感外化时灯光的抒情性表达。

9.全剧的艺术处理风格及样式，能否采用剪纸的样式，在舞美表现上通过勾勒线条表现剪纸的风格，在服饰上也采用简单元素的处理？重点使用望江县非物质文化遗产（望江挑花）的样式，象形与会意、单独与组合相结合，表现形式多样。在服装制作过程中能否加入挑花的工艺？这也是宣传当地文化艺术特色的一个方式。

六、全剧场次分析

序幕：

全剧的序幕生活化气息浓郁，以开场十八个妇女时而集体、时而单一的组合形式，通过细腻丰富的面部以及肢体语汇，表现当代农村妇女的生活情趣，同时运用舞蹈化场面，使场景显得格外清新。

生活化的表演真实再现出一群留守女人的生活画面，在家长里短的闲谈中，透露出女人们对丈夫的思念，在嬉笑怒骂中，妇女们对八卦新闻的讨论也表达了女人的苦楚和孤寂。

此段表演舞蹈化处理要有特点，将长条板凳、短板凳，或者自家的小马扎等道具布置在舞台各处，通过锣鼓的细节化处理来表现女人们谈论话题的私密。嬉笑中可见村妇的真挚，话语中显露妇女的心酸。

舞美设计要突出高低平台层次的设计，这样既能分割空间，又可以产生无数支点，形成错落有致的画面感。一棵树的设计要有艺术化的处理，用何种树来表现，树如何呈现，要具象而不能抽象。舞台天幕的设计不仅要与舞台形成虚实结合的效果，还要突出农村贫困房屋的结构形态。

事件：来运匆忙来送信，志宏遭遇车祸。

全剧的第一个重大事件是志宏遭遇车祸，而这直接导致红菱家境发生变化，从富裕转为贫困，需要接受扶贫。

第一场：

舞台景同序幕，增加一处醒目的关键性标语。

问题：唱词中提出由奢入俭不太妥当，尽管红菱家之前是富裕的，也不能用奢侈来形容。

增加：抒情性的音乐，让志宏看到红菱辛苦工作时内心产生波动，继而再唱出唱腔。

设计：二苟的典型动作，表现出好吃懒做的状态，整天惦记国家的慰问金、补偿款。尤其是他的念白当中，更要设计油腔滑调的处理。尽管志宏遭遇车祸后坐在轮椅上，但整个人的状态依旧是挺拔的，这种挺拔不仅仅是身体上的，更是思想意识上的。对志宏人品的描述，可以在台词中清晰地展现，志宏一家希望通过自己的辛勤劳动获得收入。

事实:好吃懒做的二苟与勤劳善良的红菱对话,二苟在语言上刺激志宏。

主任让众人填写扶贫建档表格,大家虽有烦恼、无奈,但必须填写。群众散开,二苟无赖地抓住一个群众,让其给自己填表。桃花提出村里办事不公,因为自己家没有评上贫困户。

事件:桃花与二苟争领救济款,桃花家没有评上贫困户,导致桃花心态失衡。

设计:二苟与桃花的对唱要写出明显的动感,中间可以采用戏曲数板的形式进行展现。在表现形式上,可以增加站在石头凳子上的动作来表现人物的气势。

事实:志宏提出要向红菱学习裁缝技术。

志宏尽管身体残疾,但意志并未消沉。看到老婆红菱辛苦地工作,他心疼,他难受,说明志宏是一个有心的男人,是一个关爱妻子的男人,是一个有家庭责任感的男人。一个大男人提出做裁缝是需要勇气的,这种行业在常人的眼光中都是妇女们做的,而志宏思考的却是如何减轻红菱的负担,他不愿意成为家庭的累赘,这种男人是值得人敬佩的。

问题:红菱在与志宏的对话中说到本村妇女的裁缝经历多余,此处不需要提到。

设计:女主人公肖晓岚的第一次上场需要精细化处理,可以通过音乐的铺垫渲染,在形体造型上可以进行美化处理。本段是第一处大段唱腔,在形体语汇的表达和唱腔情感的处理上,都要体现肖晓岚作为第一书记的气质。

备注:晓岚的第一段唱腔中实际上是描绘舞台天幕景的绘制要求。

湖光山色交相映,依山傍水鱼米乡。登高望,树荫深处屋几幢,原生古朴历沧桑。城市里高楼林立一般样,这古村落恰似美女闺中藏。

在晓岚、美霞、鹏飞三个老同学的对话中,可以看出每个人的角度与立场不一样，晓岚就是想为老百姓干点实实在在的工作，体现自己的人生价值。

桃花追逐二苟要他还钱，二苟说拿救济金的钱来还赌债。二苟与晓岚发生争执，无理地说出要晓岚拿出额外的钱发给大家。这种现象是真的存在还是编剧的凭空杜撰，需要商榷。

第一场整个舞台空间是固定的，但人物的流动性很明显，整场戏中人物上下场频繁，出现的人物也很多，想表达出的内容也特别多。因此整个舞台布局要干净、简洁，舞台上要空灵。这场戏的重点要放在演员身上，这也是戏曲表演艺术的关键，舞台不要过于奢华，要简洁而不简单、有意境而不俗气。

第二场：

建议一：舞美设计上采用江南水墨画的风格，用简单的线条，勾勒农村的环境面貌。

建议二：第二场的舞蹈处理要俏皮，要将妇女们那种对鸡毛蒜皮斤斤计较的状态淋漓尽致地表现出来。舞蹈需要有特殊性，有视觉感官的代表性道具进行辅助，如簸箕、扫把、蒲扇等，或统一，或各具特色。

村民们对肖书记的办事感到不公，准备找晓岚问清缘由。妇女们叽叽喳喳地讨论晓岚做事不公平，通过槐英、水莲、二妹的语言，反映妇女们心思的多样、水平的有限和看待问题的局限眼光。

鹏飞、晓岚观点不一，晓岚有自己的理想抱负。晓岚通过调查准备在村中办一个服装厂，希望鹏飞夫妻能够投资，为家乡做点贡献。鹏飞有顾虑，晓岚告诉他，帮助家乡脱贫致富是善举，证明发财不忘故乡，乡亲们会感激不尽，不会有怨恨他们的道理。晓岚打消了鹏飞的顾虑，并先一步调来机器和设备，但未与美霞商量，这为后来美霞与鹏飞的情感纠葛埋下了伏笔。

众妇女到村主任来运家提意见，晓岚、鹏飞提出开服装厂的想法，让众多妇女看到了希望。

办厂要挑选出带头人，桃花毛遂自荐，为后面的事件发生埋下伏笔，桃花的为人、个性、处事方式和文化水平，都决定了她出任厂长会对厂子的发展带来某种问题。

第三场：

第三场开场的合唱，要通过现代舞蹈来表现，结合演员的手势、肢体语汇，表现制作服装的场面。不仅可以体现舞台的空间流动感，也有助于演员载歌载舞的形体表现。

杏花衣服线缝扎歪斜与志宏的衣服质量规范、做工讲究形成对比，在对待衣服质量的态度中引发矛盾（槐英坚决维护肖书记的指示把好质量关，与桃花作为厂长自我意识强烈的矛盾），在矛盾中可以看出人物的性格。通过两把椅子的造型处理，加强这一段的唱腔气氛营造，或者运用戏曲扑灯蛾的锣鼓处理，把人物形象淋漓尽致地表现出来。

志宏道歉唱四句显啰唆。退回的不合格产品引发厂里对晓岚与鹏飞的误解。

晓岚唱：双方既把合同签，条款分明需执行。保证质量是根基，诚信恰如“定盘星”。

桃花唱：你怎么胳膊肘往外拐，不向家里向外人？莫不是这中间你有股份，内外勾结把人坑？

桃花：别信她忽悠，谁知道他们中间有没有猫腻！

二女：听说他俩在高中的时候就谈过恋爱，是一对初恋情人呢。

三妹：怪不得一唱一和的，说他一分钱没赚，他是活雷锋？

二女：都说无利不起早，这世道哪有干部不爱财，老板不赚钱的？

（这些语言的描述，体现了女人们遇事之后的状态，这些接地气的台词语言对人物形象的刻画起到了积极的作用。）

美霞抛出话语，如果鹏飞再不迷途知返，她便要与他去民政局签字离婚。

来运应该是犹豫下场，这样对人物的定性会好些，不会伤害到人物的身份。

晓岚的单独核心唱段，需要一把椅子作为表演的支点。

水莲："以前也来过好几拨扶贫干部，开了几次会，刷了几条标语就不见人影了，只有你是带着行李住到我们村的，你为我们村办了许多实事，我们老百姓心里是有数的。"这句念白存有歧义，不能够为了突出晓岚而抹杀过去的扶贫工作，建议删除。总书记画外音的设置要精细处理，既能产生巨大的正能量感受，又不显得过于直白化。

第四场：（室内戏）

此段是全剧唯一的室内戏。在舞台时空处理上，要进行区域的划分。

鹏飞、美霞夫妻间起矛盾，尤其是针对肖晓岚办服装厂的事，在针对扶贫的问题上，夫妻间的观点也是有区别的，这也反映了当下扶贫工作需要真真切切地落到实处。

鹏飞：我们这一撤资，把个烂摊子丢给肖晓岚，当初投资既是为了帮助家乡脱贫致富，也是为了支持她的工作。现在遇到问题了，我们就拍拍屁股一走了之，岂不是坑了她？

美霞：哪个叫她逞能？下乡挂职的干部不都是下去打几个转转，写几篇总结材料，与当地干部拉拉关系，弄几句好评语就完事了？可她却是来真的，连行李都搬去住到村里了，把你的魂也勾过去了。

晓岚上门寻求鹏飞和美霞的帮助，尽管美霞是一个有点自我的小女人，但还是一个善良的人，在大是大非面前，最终还是选择帮助晓岚，这无疑是一种真善美的体现，是一种人性无私的写照，更是对事业上的追求，也体现出同学间情谊深厚。

第五场：

1.开场二苟的唱腔处理，要表现出黄梅戏的原汁原味。

2.喜讯传来，扶贫资金25万元投入厂房建设中。新工厂建立后，对工作人员进行集中培训，确保生产质量，同时晓岚希望在招收工人时，能尽量照顾到贫困户和身有残疾的人，体现了党的好政策，体现了社会主义的优越性。

3.美霞、晓岚决心要帮助二苟脱贫，实现真正意义上的扶贫，不仅仅是扶贫，更是扶德、扶志，改变二苟整个人的状态，使其重新树立生活的信心。好时代呼唤二苟振作精神从头干，发奋图强找回自尊重回当年。

尾声：结尾处理目前过于草率，仅仅通过一首合唱，还不足以表达全剧的思想立意。

女人的世界充满鲜花，女人的喜乐随兴而发。留守妇女功劳大，敬老抚幼操持家。创业不输男子汉，小康路上大步跨。

孝老爱亲的《当你老了》

2018年，我和马鞍山艺术剧院第一次合作，当时是王红院长联系我，邀我去排一出小戏。看到美女编剧朱文娟的剧本《当你老了》，我认为这是一出值得做的戏。当前花费不菲的经费去做一部戏，作为创作团队一定要清楚，做这部戏的目的是什么。剧本里“孝老爱亲”的主题，我认为是值得我们今天去弘扬的传统美德。一部剧成功地立于舞台，是要具有一定现实意义的。

在创作中我一直在思考一个问题：现在的老人生活是否幸福？我们给予父母有多少陪伴？有多少子女真正关心过老人的心中所想？我们一直用所谓的忙来掩饰自己对父母陪伴的缺失。爸妈用一生来呵护我们，而我们做到关爱他们了吗？如今许多年轻人忙于应酬，诚然工作的压力确实巨大，但我们真的连打一个电话的时间都抽不出来吗？都不能和爸妈谈谈心吗？我们说百善孝为先，这是子女对父母应尽的义务。感恩是孝的体现。

文娟的这个剧本把空巢老人的孤独、子女的孝老爱亲、美好乡村建设巧妙地融合在一起。《当你老了》讲述了美好乡村的民居改造工作正如火如荼地展开，旅游部经理杨晓月却碰到了棘手的难题。空巢老人刘桂成拒不同意自家宅院参与改造，杨晓月只能亲自上门做工作。谁知正好碰上刘大爷为亡故三年的老伴“过生日”，喝得酩酊大醉的刘大爷，错把杨晓月当成了自己梦中的老伴玉兰。杨晓月将计就计，想假冒玉兰骗刘大爷在改造合同上签字，为大爷忙前忙后，结果却被酒醒的大爷识

破，没签成合同。气急败坏的她埋怨大爷铁石心肠，不讲人情，却勾起了老人对过往的回忆。杨晓月了解到一个空巢老人的孤独，也懂得了自己对父母缺失的爱，她受到触动，决定要为刘大爷做点什么。

黄梅小戏《当你老了》真正想唤醒的是年轻人对孝道的认知，让年轻人彻底明白、懂得关注父母内心真正的需要。这是一部饱含深情、令人深思的作品。

小戏虽小，却反映了当下一系列引人关注的热点话题，聚焦了一定的社会现象。全剧呼唤人性的觉醒：人都有老的时候，如果你老了，你会怎样？《当你老了》这出戏的思想性与艺术性的统一是毋庸置疑的，全剧有两条线索：一、以杨晓月开展实施的“美好乡村建设居民房改造”项目是明线；二、以空巢老人刘大爷丧偶后感到孤独，子女繁忙，老人见不到子女，内心寂寞、伤感为暗线。明暗两条线互相交织，透过小人物身上的点点滴滴反映了当下空巢老人们的现象，以点及面地反映子女应对父母关爱这个严峻的社会问题。

全剧围绕着美好乡村建设中房屋改造的事情，从另一个更具有深度的角度来反映现实，用关爱的情怀和善意的伪装来表达善良之人的品性与本质。尽管戏的结局是美好的，刘大爷最终同意改造房屋，这种转变是因为晓月的诚恳、热忱、善良、关爱打动了刘大爷，更多的还是刘大爷自身对美好乡村建设行为意识上的认同和对小月的理解。剧中玉兰树、玉兰花的设置是点睛之笔，它是刘大爷与老伴相依相伴、相亲相爱的见证，通过对老伴的思念来抒发自己的心声，这也是刘大爷不愿意改造房屋的根本原因。

全剧结尾的处理以一种温馨、美好的方式来进行，合理地化解了刘大爷的心病，为故事画上了一个圆满的句号。在全院种上玉兰花，这是一种心灵的慰藉，也是一种形象的善意表达，更是一种立意的升华。这种结尾满足了观众观剧的审美心理以及心理需求，用人性深处最真挚的情感来解决矛盾，提升了全剧的主题，升华了人物的形象，彰显出一种质朴的情怀。所以说小戏《当你老了》的主题思想与现实意义突显，用纯洁的心、真挚的情、无私的爱去打动观众，是一部可以深挖的小戏。

一、小戏精心设置的舞美与灯光

《当你老了》的舞美背景可以借鉴江南水乡和皖南民居的样式。天幕背景（美好乡村）可以用泼墨的样式处理，注意与舞台吊景的层次衔接，以大写意为主，小写实为辅。用抽象的线条框架来表现美好乡村建设的外貌，局部用框架结构吊景来表现具象的农家小院（破瓦房），形成虚实结合的艺术效果，在舞台形成视觉的层次感。舞台空间通透，强调留白。注重空间的充分利用，不讲究大制作写实，而要注重写意传神的艺术效果。全剧中的一棵玉兰树可以采取软硬景结合来制作，它是舞台上重要的固定支点。一把椅子、一个小石凳，成为舞台上演员活动的移动支点。小平台的设置不仅可以形成舞台画面的层次感，而且有利于单人、双人、多人的舞台艺术造型美感，形成画面的对比。小道具的精巧设计（红围巾、照片、酒杯、酒瓶等）和细节化处理，更能表情达意、传递情感。

在灯光的处理上要考虑光区位置、色彩的明暗、冷暖的对比（尤其是过生日、捶腿幸福回忆时）。要考虑人物内心意识的外化、光与音乐节奏的变化，让灯光参与表演，成为人物心灵外化的手段。尤其是表现多重时空，呈现戏中戏时，更要注重用特殊灯光效果来表达人物的情感、渲染舞台气氛。

二、小戏音乐与服装的处理

1.音效音乐的合理选择。用开场鸟叫声来反衬山清水秀的画面，过生日时，放出祝福歌（扩大化艺术处理）。

2.唱腔上，全剧需要用独唱、对唱、合唱、伴唱、重唱等形式来表现，要有全剧的主旋律音乐，可以把《当你老了》这首歌的旋律化变为黄梅戏的旋律；唱腔部分要具有黄梅戏唱腔的传统韵味，但背景描写音乐、人物的内心描写音乐要有时代感，要灵动、时尚、感人。

3.在唱腔过门中，将戏曲的锣鼓设计进去，如开场晓月的上场。最后刘大爷的核心唱腔要有层次，要有散板、慢板、快板，要有锣鼓进入，唱腔要有区分，要有人物性格化的呈现。

4.配器可以加入交响乐和现代音乐元素风格，建议运用小提琴等管弦乐器。

5.服装色彩要注意冷暖色调的搭配，注意服装花纹的细节化处理，可以选用一些线条的纹样来突出衣服的层次感。回忆中年轻的刘大爷和玉兰的服装，可以借鉴20世纪60年代的服装样式，但要注意在形体展现上有利于载歌载舞。

饱含质朴亲情的《剥翠菱》

黄梅小戏《剥翠菱》是继《当你老了》后，2019年与马鞍山艺术剧院合作的第二部作品。这是一个感人的故事，为了把它做成一部优秀的艺术作品，我想不光是从人物的形象上予以塑造，更需要从文本的思想性和艺术性两个角度予以提升。在二度创作中，通过演员的细腻表演，深挖人性的真善美，通过各种艺术手段最终呈现出作品的综合形象。戏剧艺术创作有其独特性，一定要深挖角色的多面性，剥茧抽丝，揉碎了给观众看。要在事件的爆发中，在矛盾冲突的交织中，表现一个个鲜活的人物形象。因此，《剥翠菱》要加强矛盾冲突的处理，要立主脑，把想要表达的内容予以清晰化，除去或淡化枝节，以有利于人物形象的刻画。

一、浓郁的生活气息和升华的主题思想

青妹的出场载歌载舞，充分体现了中国戏曲“以歌舞演故事”的本质与美感。青妹带着自己刚刚采摘的菱角回到家中，开始了一天的生活。通过优美动听的黄梅戏旋律，在音乐中运用戏曲舞蹈化的肢体语汇，将生活画面完美呈现，这种生活气息浓郁的表演会让观众产生一种亲近感。

家风传承、孝老爱亲、人性坚守，这些都是该剧要表达的要点。在生活重担压肩的情况下，是什么让一个女人选择了坚守，而不是离开？是什么让青妹几十年如一日地照顾着自己的婆婆，留守在这个贫穷的家庭？我想这也许就是一种好家风的传承。或许当青妹嫁到这个山村的时候，她的母亲就教她如何成为一个贤惠的媳妇，

如何把质朴的家风、民风传承下去。家风是民风社风的根基，是社会和谐的基础。好的家风如同无声的教诲，助人立德立言、成人成才，让后人铭刻在心、代代受益。优良的家风传承是中华文明薪火相传的重要部分。

对于人物形象的刻画，剧中通过夫妻情、婆媳情、子女情多种感情交织在一起，让这个瘦弱女人的艺术形象显得越发高大，她柔弱的肩膀需要扛起沉重的包袱，顶住巨大的压力，而这需要何种的勇气与毅力啊！当热情、泼辣的喜鹊嫂子过来串门说到

东、西、南三个村赵金凤、钱玉珠、孙银花三个女人的现状时，难道青妹心里真的没有起伏波动吗？她也是一个女子，也需要别人的关心与呵护。喜鹊嫂走后，青妹心中犹豫了、彷徨了，她也在思考、抉择！当丈夫阿庚因为身体原因，不能承担起全家的主要劳动力的时候，青妹希望他坚强，再苦再累，一切困难都是暂时的。阿庚心疼妻子，不愿意妻子因为这个家而受苦，当他表露出对妻子的愧疚时，青妹却不嫌弃阿庚，不嫌弃这个家，在她心中，家庭的团圆是最重要的，幸福的生活总有一天会到来。

当青妹告知丈夫"车到山前必有路、水到桥头自然直"的道理，相信自己的家会越来越好的时候，她的信念是什么？我想这正是青妹人性深处最值得关注的无私善良、豁达淳朴、坚守奉献、爱心孝心，而这正是主题思想的升华。对家风的重视是值得每一个中国人去做的，这也是中国几千年来对推崇孝道的体现。因为家风与孝道，青妹选择了坚守，而这种坚守更能将一个平凡小人物的高大形象体现出来。

二、素雅的舞台样式和意蕴的灯光表达

小戏《剥翠菱》的舞台样式很简单，不搞堆砌，多以留白处理。舞台上干干净净，通透流畅，仅设置了一块房屋景片，一桌二椅，一片栅栏，给演员表演留出最大空间，强调舞台的写意性。

一开场，通过灯光的艺术处理，透过一扇窗户，映入观众眼帘的是青妹瘦弱的背影(以剪影的形式呈现)，这个背影是青妹最为真实的形象。作为女人，作为一个顶着如此重担的女人，只有在夜深人静的时候才能将人性中最为真实的自我情绪表达出来。她内心的孤寂，她内心的苦楚，她的孤独，有谁去给她释放，有谁听她倾诉！她也怀念过去美好的生活，她更向往自己幸福的未来，可是现实与理想竟有如此落差！生活上的困境压得这个瘦弱的女人喘不过气，抬不起头。观众透过青妹的身影，对主人公的命运产生同情。

《剥翠菱》灯光的运用其实并不复杂，但要强化灯光的表现作用。除了完美体现布景环境外，更要渲染和呈现戏的情绪色彩，要进入人物的内心世界，要成为人物内在情感的外化形象。要设计出具有特定意蕴的灯光，表达特定情境中光的变化和剪影艺术效果。在对“摔碗”这一典型动作进行细致处理时，灯光要在节奏变化中予以强调，配合度极高，要严丝合缝。这样才能在观众心中产生不一样的效果。

三、纯正的戏曲音乐和地道的锣鼓烘托

小戏要保留黄梅戏传统音乐的原汁原味，活用黄梅戏的各种小调元素，借鉴传统小戏一戏一调的风格，注重与现代人的审美情趣紧密结合。努力做到通俗化、大众化、接地气。

1.开场与结尾遥相呼应，开场运用四句合唱，将故事的整体意境予以表达，将青妹个人的命运予以展现，让观众了解这个女人的所想所知。结尾同样需要四句合唱，让首尾呼应，表达出主人公对美好幸福生活的向往。

2.音乐上要求大气与厚重，但在音乐布局上依旧保持原汁原味。因此在音乐与锣鼓的设计与铺排上，精准地选用黄梅戏最经典的二、四、六锤锣鼓，赋予内容生活化气息。在人物的念白上，浓缩简练。通过扑灯娥、数板等戏曲板式的处理，快节奏地将戏剧矛盾予以清晰地表达。

3.加入双人对唱转入三重唱的设计。婆婆和媳妇需要通过深情对唱来倾诉彼此心中的真切感受。一个强忍泪水要媳妇离开，一个不忍离去要坚守家庭，让观众看得真切，听得伤心！继而加入阿庚的演唱，形成三重唱的形式(增加丈夫的人物个性处理，阿庚问自己该怎么办，如何让这个家过上好的日子，表现出他的自责、他的困惑)。

4.核心唱段的唱腔，要体现青妹20多年来坚守的不易，不能忽略青妹内心深处

的真实自我,她有过退缩,有过抉择,甚至有过离家的冲动。她痛苦过,她悲伤过,但最终还是选择坚守。实际上,这种处理在戏的最后把全剧推向了一个高潮,通过剥翠菱这一个舞台行为,清晰地表达了中国几千年来对孝道的推崇,对美好家风的传承,这样全剧的现实意义就得到了彰显,全剧的思想立意自然就升华到一个新的高度。

四、细腻的人物表演和精心的动作设计

1.“梳头”。戏中需要设计一个亮点,吸引观众的关注。增加一个梳头场景,这个动作青妹每天都要给婆婆做,婆婆一直很乐意,而这一次婆婆却对青妹不满意,责骂青妹,让青妹产生疑惑。婆婆为何如此反常?因为家里出现了一个新的困难,可以设想为孙子上大学需要昂贵的学费和生活费。因此,梳头的动作要明显,梳头的节奏与婆婆疼痛的状态表现要贴切,要将其设计处理得在节奏点上。

2.“摔碗”。“摔碗”这个典型动作,表露了戏中人物最真实的一面,塑造了主人公丰满的艺术形象。“摔碗”并不是婆婆内心的真实意思,这么一个好的媳妇,婆婆怎么会舍得让她离开?但将心比心,婆婆认为这个家是青妹的拖累,她这个老婆子是青妹的拖累,青妹实在是太累了。在这个家,媳妇服侍了二十多年小姑子,现在又要服侍身体很差的她,加上面临孙子上大学的各种生活压力。家庭的负担如此沉重,婆婆心疼媳妇,她不愿意看到媳妇疲惫、辛苦的面庞。表面上碗是摔碎了,但他们一家人的心却并没有摔碎,反而牢牢地粘在了一起。

3.“拥抱”。小戏的结尾应该是在一种温情的定格画面中结束,我想青妹和婆婆应该有一个拥抱,应该有一个一起哭泣的立体造型画面。青妹跪在婆婆身边,婆婆擦拭青妹的泪水,青妹抚摸婆婆的脸庞。母亲紧紧抓住儿子、媳妇的手,这是一种坚强的表达。媳妇再次将剥好的菱角喂到婆婆的嘴里,此时此刻,菱角无比香甜,这种

香甜是一种由内而外传达出来的真情。这种艺术处理,画面冲击力很强。

我认为这出戏的创排是有深度的,尽管时代在飞速地发展,但不论在哪个时期,中国几千年来对家风的传承、对孝道的尊崇都是从未改变的。全剧的主题思想与现实意义值得肯定，在对孝道、家风的表达中完成了对人性真谛的肯定。我们的社会需要提倡这种传统和美德。这出戏不论在城市或是乡村演出，都足以引起观众强烈共鸣，是一出用情打动观众的剧目。

传承皖东红色文化、讲述峥嵘历史岁月

——《抗大母亲》导演创作

在近现代波澜壮阔的戏曲发展史中，以“母亲”为题材创作的作品屡见不鲜，尤其是革命战争年代的“母亲”，更是近几年创作的热潮。如何在同类题材中找到自身作品的亮点与创新点，做到独树一帜，是主创团队必须认真思考的问题。黄梅戏《抗大母亲》故事的发生地在安徽滁州革命老区，这里是中国共产党活动和建立组织较早的地区之一。在皖东这片土地上，革命先驱点燃了无数的星星之火，皖东儿女与全国人民一起用血肉之躯筑起保家卫国的钢铁长城。该剧创作上个性鲜明，带有浓郁的皖东地方特色，是一部具有地域性和时代性的红色题材作品。

在硝烟弥漫的战争环境下，在人性自我的抉择徘徊中，是一种什么样的力量让一位平凡、普通的大娘做出了巨大的牺牲？是什么精神让主人公在经历挫折中越发坚强？毫无疑问，这正是中华民族几千年来最为纯朴的本性写照，这正是中国优秀传统美德（善良、勇敢、无私、勤劳）的汇聚融合。让我们翻开历史，踏寻足迹，寻找那一个个鲜活的历史人物，尽管他们是一群无名的英雄。

2019年6月，我突然接到滁州演艺集团沙红副总的电话，约我创排《抗大母亲》。突如其来的电话打乱了我接下来的工作计划，看完剧本，说心里话，我不太愿意接这出戏，尽管这出戏的主题还不错，但摆在面前的剧本着实是个难题，这是个需要“动大手术”的剧本，我想拒绝。但我在电话中又能感受到沙总的热情，加之我与滁州演艺集团2017年合作过《大明朱元璋——斩婿》，有那么一份情缘在，思虑之

后，我还是答应接下这部戏。

如今《抗大母亲》已经演出了很多场，2020年的暑假我又对该戏进行了打磨、提升，这个戏的剧本实在是花费了太多人的心血和精力，最终排演时剧本已经修改到第15稿。其实从2019年6月到8月两个月时间里，案头工作一直在有条不紊地推进，各位主创以及集团各位老师在一起集思广益，结合了安徽省文化和旅游厅、滁州市委宣传部的各位领导专家的意见，对这个剧本进行了不断地调整、加工、修改和完善。

一、使命创作创新、提升作品高度

一个艺术作品的最终呈现是需要不断打磨、不断改进的，这样才会在观众面前呈现一个好的艺术作品。黄梅戏《抗大母亲》具有特定的时代气息，演员一定要仔细了解剧本特定的时代背景，才可以深入了解那个时代。要怀着一份崇高的敬意来创排这部原创作品，要了解、铭记那一段深刻的历史。

抗大八分校位于千年古镇龙岗，位于天长市区以北30公里、美丽的高邮湖畔，老一辈无产阶级革命家刘少奇、陈毅等都在这里生活、战斗过。1941年初夏，战火笼罩着皖东大地，人们饱经颠沛流离之苦，但就在此时，抗大八分校来到龙岗办学。5月，抗大八分校在皖东天长境内诞生，1945年8月胜利结束。它是新四军所属五所抗大分校中环境比较安定、教学质量较高的一所分校，该校学员有近千人，为部队培养基层干部。这些学员在龙岗与当地百姓鱼水情深，龙岗人民赠送抗大锦旗书写“抗大抗大，越来越大”。

《抗大母亲》是站在两个“一百年”的历史交汇点上诞生的一部作品，是一部具有特殊意义的使命性的作品。“缅怀历史，警示后人”，在过上幸福生活的今天，我们不能忘却为建立伟大新中国牺牲的许多有名、无名的英雄，是创作该剧的出发点。

作品的灵魂，全剧“舞台形象的种子”都是从这里生发的。如何将这样的作品升华为老百姓喜闻乐见的艺术作品？这是一个长久的命题。找到最为真实、最为真挚的出发点，才能成功开启创作的航灯。“戏剧最需要的是生活的真实和人物情感的真实，真实也是戏剧作品的生命。”《抗大母亲》是一部集艺术性、思想性和观赏性于一身的作品，能够让观众在静心欣赏的同时也得到心灵启迪，也是一部符合当下主旋律的作品，却不“假大空”，我们从平凡的、活生生的小人物出发，展现真挚伟大的母爱，展现在战火纷飞年代里的军民鱼水深情。

剧中人物性格丰满，可亲可感，可敬可叹，带给观众强烈的情感冲击。主人公赵大娘的形象塑造是立体、多层次、多角度的，需要工笔画般去描摹。一个平凡母亲在令人生惧的硝烟中，在人本性的柔弱中，在大是大非面前，在多重感情的交织碰撞下，经历艰难的抉择，最终选择奉献，选择坚强。该剧围绕主人公身边发生的点点滴滴，展示出中华母亲（女性）的传统美德与情操，使得这位平凡母亲迸发出巨大的能量，散发出属于她夺目的人性光辉。她用一个母亲伟大的、无私的爱去诠释自己的人生价值。

二、音乐音效优美、展示细腻情感

黄梅戏唱腔优美，曲调幽婉动听，抒情贯穿始终，载以舞而动人心。其诞生之时，就拥有着中国戏曲“以歌舞演故事”的传统基因。当下，戏剧日益向综合性表现语汇开拓，黄梅戏《抗大母亲》充分继承和发扬黄梅戏表现特色，联系当代审美风格，在遵循中国戏曲本体与紧密关注时代特质的前提下进行创作。

不得不承认，随着时代节奏的加快，戏曲生存的空间正在不断缩小，剧种之间同质化现象严重，剧种自身风格特色趋向模糊。剧种之间最鲜明的区别就是唱腔和念白。黄梅戏的念白是安庆官话，方言是地方戏曲的宝贵基因，也是实现戏曲多样化发展的根本。在创作与实践中，应该把握好地方戏曲与方言的关系，将方言与戏曲唱腔、唱词做到统一，戏曲风格才能得到保护与传承。

音乐是戏剧的灵魂，音乐对一部特定剧种作品有着不可忽视的影响。《抗大母亲》音乐形象的确立首先立足于黄梅戏剧种风格特色，结合主题思想配上庄重、崇高的表达，注重完整性和连贯性，节奏流畅而富于意蕴，起伏跌宕，悲喜交加，且在主题音乐上采用取材于苏皖的茉莉花音乐，追求地域性、民族性特征。同时在创作中灵活运用黄梅戏的各种腔体和版式，充分利用戏曲艺术的丰富表现手段(独唱、合唱、伴唱、对唱、清板等)。运用唱腔音乐刻画出典型的人物形象及性格，揭示人物的内心旅程，成为他们抒发情感的一种手段。

音效处理上也要做到精细处理，重视有源和无源音响的处理原则，借助逼真的音效让演员产生身临其境的感觉，加强表演的真实感，也让观众产生强烈的形象感(如警报声、飞机轰炸声、炸弹声、风雪声、子弹射击声等)，这些音效是全剧听觉形象的重要组成部分。音效自身独特的魅力是任何表现手法都无法替代的。全剧每场戏规定情境的提示以及舞台气氛的烘托渲染都要依靠音效来展现，不仅便于外在环境的描绘，人物细腻情感的表达，对烘托全剧的气氛也有着不可低估的作用。因此，在创排过程中，我一再要求音效的真实性，要恰如其分地为揭示主题、塑造人物和为戏的思想内涵服务。

我省著名的黄梅戏作曲家徐代泉老师是一位值得尊重的大作曲家，他为人谦和，对待晚辈没有架子。《抗大母亲》是我与老爷子合作的第四部作品，合作起来很有默契，我知道老爷子的作曲风格，老爷子对我的导演方法也很了解。由于剧本的不断调整，音乐也在不断调整。说实话，我对音乐的要求很严苛。音乐是灵魂，舞美可以简约，灯光可以写意，唯独音乐对一部戏的成败会起到巨大的作用。因此，我告诉老爷子,《抗大母亲》音乐形象的确立,一定要紧密贴合全剧的主题思想。我也特别注重全剧音乐形象的完整性和连贯性,强调黄梅戏剧种的风格特色和时代感,节奏流畅而富于意蕴,起伏跌宕,悲喜有加。老爷子告诉我大可放心,他已经寻找到音乐形象的种子,他找到了苏皖的茉莉花音乐作为全剧的主旋律,这个想法与我不谋而合。后来的事实也证明了这个选择是对的。

由于此次文本的不断修改,加之我对该剧的音乐又要求严格,前前后后算下来,需要调整的地方大大小小有20多处,有的曲段感觉似乎差了点,有的结尾的处理似乎又缺少意境。我害怕老爷子不太同意修改,但事实上我多虑了。徐老师虽然接近80高龄,可在艺术的探索与追求上要求很高。我与他沟通、商量曲子的样式时,一段段反复听,一段段地敲定,这一切都是为了把每一段曲子写到最好。

徐老师和我聊天时指出,黄梅戏的剧种特色绝不能丢,要灵活运用黄梅戏各种腔体和板式,也要充分利用戏曲艺术的丰富表现手段。老爷子的代表作品数不胜数,但他却特别注意黄梅戏的唱腔音乐,他说唱腔音乐一定要刻画出典型的人物形象及性格,要充分揭示人物的内心,成为他们情感抒发的一种手段。好听的曲子加上高超的配器,那绝对是顶配。《抗大母亲》的配器是董润怀老师,他是我的父辈,做事风格十分值得敬佩。董老师对配器的要求十分严格,注重配器中的层次与意境,要求配器简练而富有意境,细腻丰富而有力度,特别强调要突出黄梅戏的表现力、感染力。能与这两位大家在一起合作,我非常荣幸。

三、剧本的大手术

初读剧本,这个故事似乎很感人。但戏剧不是小说,小说可以天马行空地展开丰富的想象,在自我的大脑中做着自己的导演。但舞台艺术需要直观性,从平面的文本到立体的舞台,这中间最重要的还是可看性。要在短短的两个小时内把一个故事说清楚,把

人物形象立起来，必须调动所有部门通力合作。追本溯源，对于文本的敲定是一剧开排的关键。

增加感情戏：

在原有剧本四句幕后合唱之后，大娘与儿子之间的戏份过于单薄，故而在第二场增加了一段梦境戏，让狗娃的魂回到了母亲的身边，母子连肝肠，彼此舍不得，因此，我写了一段对唱来表情达意、抒发情感。

【一年后。又是冬天，龙刈镇赵大娘家。

【合唱：

没做完的针线接着做，

没了的心愿煎熬着心。

朝思暮想把亲人唤，

千遍万遍也不回应。

【合唱声起光。灯下赵大娘在做一双未做完的布鞋。恍惚中，赵大娘昏昏欲睡。

狗娃：娘，我回来了！娘，我回来了！

大娘:狗娃,你回来了?你怎么才回来啊?这一年你上哪去了?娘,想你啊!

狗娃:娘,儿子也想你啊。

【狗娃依偎在母亲身边

狗娃唱:

儿想娘,想断肠,

娘的话语儿记心房。

大娘唱:

娘想儿,泪汪汪,

儿怎忍心撇下娘?

狗娃唱:

娘做的鞋穿脚上,

浑身上下有力量。

大娘唱:

儿在远方要自强,

为人处世要善良。

合唱:

儿思娘,泪千行,

娘望儿,废神伤。

止不住珠泪滚滚淌,

母子情深似海洋。

【狗娃离去,大娘醒来继续寻找

大娘:狗娃——狗娃——【擦泪,知是梦境】

大娘：狗娃，一年了，你在那边还好吗？（擦泪）

四、核心唱段的调整

原有剧本的核心唱段结构稍显单一，缺乏长短句结构的变化。为了在二度创作中更好地体现舞台画面的灵动感、丰满演员的表演层次，提升观剧的戏剧节奏，我对原有唱段进行了调整。增加了主人公在风雪中行进路程的困境，而且对其纠结、痛苦的内心抉择进行了细致的挖掘与描述，在救母亲和救再生的两难选择前，运用戏曲唱词反复推进，从中不仅可以看出母女情深，更能看得出主人公赵大娘的人格魅力与情怀。核心唱段采用这种写作方式，更加适合传统戏曲的表现形式。

【风雪交加，赵大娘风尘仆仆急上。

（原有剧本版本）	（导演修改版本）
突封锁过关卡星夜兼程	心急如焚往家赶
日伪军似豺狼特别凶狠	顶风雪冒严寒湿透衣衫
千般难万般险不在话下	路崎岖又漫长沟沟坎坎
从县城买来药反觉烦心	月黑风高步履蹒跚
没想到这西药价比天高	急切切顾不得北风啸喊
当首饰所得钱只够一份	拨荆棘越山涧把小径穿
一份药两病人叫我怎办	夜色漫长乌云暗
左想想右想想越想越难	再生病重心忧担
我老娘亲骨肉生养我身	无奈典当金首饰
今生今世难报恩	买药救治盼为安
新四军朝夕相处像儿女	谁料想买来药反觉心乱

大娘大妈喊得亲
一边是风烛残年老母亲
一边是治伤病住我家的何再生
新四军打日本肩挑重担
没有国哪有家本来理真
被宰割惨痛景记在心间
关键时拿主意当机立断
无奈何只得选择一人
我老娘等下次再想办法
何再生需这药容缓不得
救慈母和再生处于两难
母亲拉扯儿女实属不易
千般苦万般难不言一番
学员们朝夕相处像一家
浓浓情浓浓谊难解难断
想到此,不由得
进退两难,忐忑不安
怎么办,怎么办
难坏了大娘赵玉兰
一边是重病在身何再生
一边是风烛残年老亲眷
一边是亲生骨肉两相爱
一边是鱼水之情大于天
来日再把娘亲挂牵
摔锅卖铁要为她身康健
新四军打日本肩挑重担
没有国哪有家亘古名言
被宰割惨痛景记在心间
国破碎哪还有美好家园
出门前
千叮万嘱心头言
千斤重担挑在肩

千难万难我不怨

千般希望挂亲眷

千辛万苦把药买

千万等我转回还

(伴唱)风声紧,雪花飞

心似剑,脚步追

想到此,心坚定

步蹒跚,把家回

(唱)恨不得插翅学鸟雁

恨不得展翅过山涧

愧对老娘泪双垂

兄弟面前把罪赔

意志坚定不易催

救助再生永不悔

五、戏剧高潮构置、升华人物形象

《抗大母亲》着重于对革命时期底层人物精神的歌颂,戏剧高潮是人物的升华,高潮的构置应依据剧情的发展过程,把高潮中的每个浪潮的起伏推进的关系处理好,必须要动中有静、缓中有急、张弛得当、分清层次,才能将大起大落的矛盾冲突所构成的高潮安排得引人入胜,从而把重点情节、重点人物身上的“戏”处理得俏支,有艺术个性。但有一些革命题材作品中人物的升华很“硬”,带有“强行”之感。本剧女主人公赵大娘最终的命运设计,在剧本的多次调整中让主创产生困惑,如何让全剧的结尾打动观众？如何让主人公在形象升华时显得合理而自然？这是需要探索的问题。

大娘是不是为死而死？现实主义戏剧需要的是真实，它要有严谨性和逻辑性，人物行动目的性必须求真，不能强行拔高。最终将大娘的死定名为——“壮烈的送行”，将原先战士夜探的戏调整为大娘夜晚到前线送物资的戏，赵大娘在紧张的音

乐氛围中，在特定灯光效果的配合下，演员运用节奏准确、动作干练的戏曲身段(跪步、蹉步、滑步、倒步、翻身、屁股坐)等形体来表现情境。这些动作需要真实感人、恰到好处地在细节上准确反映出人物的思想情感，为角色表演的内心外化服务。尽管舞美装置没有改变，但音乐节奏、表现形式却发生了变化，产生了不一样的艺术效果，为主人公的最终升华提供了强有力的支撑与推动，主人公的舞台行动线更加明朗，角色的内心活动更加丰富，推动了全剧的舞台节奏。

全剧以情贯穿，以情感人，在不起眼的小人物身上折射出人之本性，塑造了人物性格的多面性。通过每一场戏事件的展开深入人物复杂的内心精神世界中，彰显人物的性格与精神实质。通过一系列强有力的矛盾冲突，直观地反映了伟大的母爱、炽热的亲情、人性的善良。全剧没有口号、没有宣讲，让台下的观众在欣赏的时候能受到思想上的洗礼、精神上的震撼。全剧对人物心境进行了深度的开掘和剖析，饱含着浓浓的深情。因此，全剧气氛的升华没有强行拔高，而是脚踏实地地找寻到真正能够打动观众心灵的强有力的手段。

六、人物形象塑造、残酷形体训练

一部作品成败的关键是演员是否塑造经典的人物形象，是否给观众留下不可磨灭的印象。创作艺术作品，导演首先应该考虑的是如何提高全剧组演员塑造角色的能力以及综合表现力。为此，在《抗大母亲》的排练中，我把演员对角色的塑造和表演技巧的提升摆在了最为突出的位置。

现代戏和传统戏在表现形式上有较大差异，传统戏重程式，现代戏则更接近现代生活。关于“现代戏”的创作，我认为演员要充分理解角色的人物定位，包括身份、阶级、背景等；充分体会角色性格与内心情感，在此基础上再去把握角色的外在形态，打开自己的想象空间，去设计动作，使动作带有艺术美感。因此，我在排练中通

上一分钟　台下十年

过一系列科学、有效、合理的素质训练，让演员最快地找到人物基调，找寻到人物形象的种子。

演员的最高使命是塑造完美的人物形象，但剧本所提供的内容，无论在角色性格的刻画上或是形象的塑造上都存在着欠缺与不足，有待进一步修改、完善。这就需要通过演员的自我创造来弥补加工，促使人物形象趋于完美。演员必须认真阅读、分析研究剧本，全面理解剧本的思想内容，从中认识到自己所扮演的人物同其他人物之间的关系。要大胆、积极地展开创造性想象，针对人物的容貌、身材、仪表、风度和言谈举止、穿着打扮等外在形态，以及身份、地位、阅历等，包括人物的气质、脾性等心理特征，做出对角色的构想与设计。此外，演员还应学会撰写角色小传，这不仅有利于把握好角色生活历程的来龙去脉，还可促进人物性格的形成、变化和发展。

全剧的群众场面较多，而这正是此剧深化主题、烘托气氛、丰富人物情感的重要手段。创造角色时，演员要注重对人物的精神状态、内心生活、情感世界乃至潜在的意识与心境进行深层次、细致入微的深挖，使人物形象丰满起来。同时，建立起人物的思想线与感情线，随同人物的行动线，在创造角色时交融一体，有机地运行。戏曲演员因为常年受程式思维的束缚，不易解放天性，在创造角色时总会成为程式躯壳的枷锁。

因此，我在此次排练中将西方戏剧创作中训练方式(梅耶荷德的有机造型术、安博格“视点方法”、铃木忠志形体训练方法等等)巧妙地加入，加强演员肢体的训练，从而达到内心体验与外在表现、心理与形体、内在与外在高度结合的表演方法，并通过这种方法和技巧来统一所有的演员的风格。同时处理好与传统戏曲艺术“四功五法”训练的有机融合，提升演员的表演能力。中国传统戏曲综合性表演艺术手段与西方心理现实主义创作方法及身体训练技法和集体即兴创作手法的交融与互补，一定是当代最为优秀、最为全面、最为精湛的表演艺术。最终演员们塑造的角色达到真实生动、情感饱满、表演自如、技巧娴熟、性格鲜明、形象深刻的艺术效果。

导演是“死”在演员手上的，没有演员好的艺术呈现，其他的一切都是徒劳。这句话道出了当下导演创作中的困惑。排练中大量运用戏剧舞蹈、群众造型、体态来衔接各场之间的变换，成为一种舞蹈造型新的表达语汇。群体造型表演打破了传统戏呆板的平行调度，增加了舞台的纵深调度，丰富了舞台画面以及增加了演员的全方位流动感。群众角色在全剧舞台节奏上的推进也要做足，利用演员的肢体语言来表达自己内心的情绪情感，通过大量的音乐练习让演员卸下心理负担，在训练中解放演员的形体，打开演员的想象力，激发演员的创作思维能力。其实，戏曲演员对这种训练方式不仅不排斥，反而特别喜欢，每天两小时残酷的形体训练，对他们今后的舞台综合能力的提升具有极大的好处。

开排前我苦思冥想，如何去打开演员的创造力和想象力，如何解放他们的天性，让大家可以在舞台上有机地动起来。为此我设置了一系列练习，让演员在排练前尽快找到人物的基调。有些大场面的排练，通过大量的音乐练习，可以减轻演员的压力和负担。许多剧中场景在训练中我也将之化入其中，一场训练下来，当我告诉大家这是剧中一场戏的场景时，大家豁然开朗，对这种训练方式特别喜欢。前一阶段残酷的形体训练是很有必要的，这对今后的舞台呈现起到了推波助澜的作用。

七、舞美灯光渲染、表达深度情境

“舞美的最高境界是升华主题。”滁州演艺集团在每部剧目的排演中都有较高标准，他们要求这部剧不仅要在剧本、音乐和表演上有所突破，还要在舞美上追求创新。

我第一次与舞美设计郑长青老师交流,感觉他是一个做实事的老师,他对艺术的追求,对舞台画面的捕捉,都非常独到。我始终强调,《抗大母亲》的舞美总体要求是简约而不简单,富于变化而不奢华,重点突出戏曲的舞台假定性和时空的自由转换。舞台的整体设计要严格遵循戏曲的美学原则,突出空灵、写意的舞台艺术效果,以虚为主,以实为辅。戏曲演员的舞台表演随舞台的拓展而流动。

全剧的舞台空间造型转换灵活,不仅是景随情节动,而且被赋予了许多象征性的寓意。全剧设置了移动平台,便于演员多演区表达情感,也利于形成视觉上的层次变化,形成灵活多变的舞台调度。以麻布材质制作的舞美装置时而关闭,时而打开,自由灵活;舞台上设置的道具不仅具有装饰性、点缀性,而且是表现特定时代的规定情境的有机组成部分,更便于换景。全剧没有宏大制作,而是做绿色戏剧、经济戏剧、环保戏剧。

在全剧灯光的使用上,我强调要设计出具有特定意蕴的灯光效果,强化富于表现性、写意性灯光的运用,在灯光技术日新月异的今天,要牢牢把握戏曲虚实相间的特征,每一场灯光的基调要准确,尽可能将灯光语汇发挥到极致。剧中多个大场面的展现,不仅使用整块的色系来凸显自然光源的变化,更运用灯光的视觉语汇来营造动态的场面,展现出真实的情景。与长青老师沟通时,我建议要特别注重表达特定情境中光的变化。剧中第二场母子梦会(梦境光)的运用、第三场母女三人(多重空间对话)灯光的特殊运用都在主人公内心产生了波澜,多重时空的碰撞让人物的心理节奏发生了变化,以此来强化人物形象、烘托场景氛围、渲染特殊情绪。

舞美与灯光的紧密配合必须丝丝入扣、细腻准确。全剧舞美的设置在舞台空间的立体呈现上会出现多层面、多支点样式,这就决定了灯光适用于各个演区的不同情绪表达,尤其是定点光,能强化表演的瞬间,外化人物的内心。所以,《抗大母亲》

要突出灯光的表现作用，除完美的布景环境外，更要渲染和表现该剧的情绪色彩，让观众进入人物的内心世界，助力人物内在情感的外化。

八、科技手段应用、打开观众视野

传统戏曲舞台遵循写意原则，一桌二椅的表达方式简洁、空灵。当下导演去设计舞台样式感的时候，要充分考虑到传统戏曲形式的艺术美感与艺术标准，已经与现代人们的欣赏习惯和审美标准不一致了。因此，如何全方位地提升现代戏曲的观赏性、在传统的基础上挖掘新的内涵、找寻到既符合当下观众的审美情绪又全方位提升戏曲艺术品位的方法，是导演必须仔细琢磨、弄透弄懂的事情。

随着时代的进步与技术发展，被光鲜绚丽的现代科技手段加强的舞台慢慢进入观众的视野，与现代人的思想和观念达成一致。如何打破传统戏曲在当代艺术发展中的瓶颈，我以为既要注宣传统戏曲的神韵，又要发挥现代科技的力量，需要二者巧妙地嫁接与融合。

《抗大母亲》是一部抗战题材的现实主义作品，全剧空间变化繁杂，多种时空交错并行，多媒体投影的运用为该戏的立体呈现增色不少。在表现手法上，既要保持中国戏曲空灵、写意的艺术要求，又要进行宏大的历史叙事，传统的舞美技术已然难以解决，运用多媒体技术不仅打破了传统戏曲中一场一景的模式，更打破了传统戏曲固有的具象表达，使得整个舞台更加自由。当下观众的认知水平是很高的，观剧的过程实则是一起参与创作与思考的过程。运用多媒体技术可以做到一景通用全场，如投影于幕布来表现飞机轰炸、雪中行走、穿越树林等复杂场景，这无疑提升了剧目的整体艺术效果。

戏剧朝着现代化发展，观众对视觉欣赏有了新的要求。对于戏曲舞台艺术作品的综合呈现，观众会从更创新的角度来进行审视。时代的变化与技术的发展，以光

鲜绚丽的多媒体技术为手段的舞台形式，慢慢进入现代人的思想、观念与认知中。如何让传统戏曲打破自己的瓶颈，既要显示传统戏曲的神韵，又要呈现光影效果，这就需要大胆接受并尝试运用多媒体技术进行巧妙地嫁接与融合。

近些年，综艺晚会中使用的LED大屏，也渐渐地在传统戏曲中流行起来。但一味节约资金，以为只要有大屏就可以解决一切问题的想法是不实际的，这也是对戏曲艺术创作的极不尊重。LED大屏解决舞美的问题，表面上方便、简单，放一张图片就成为一场景，但LED大屏幕亮度过高，不仅影响了灯光的运用，而且会让观众产生不适感，更破坏了戏曲本身的美感。所以导演创作既要考虑到基层院团的经济条件以及流动演出的需要，也要合理有效、科学严谨地运用LED大屏。任何舞台创作都需要量体裁衣，需要遵循基本的艺术规律，需要走进文化市场，去赢得自己最大的生存空间。每一部优秀作品的诞生都需要导演和整个创作团队经过严谨的思考，并非易事。

九、后话：《抗大母亲》中人物形象及表演的处理原则

《抗大母亲》的排练，提升了整个剧院演员的表演水平。我把演员对角色的塑造和表演技巧的完善，摆在演出艺术最重要的位置，这是一部作品成败的关键，这更是“导演是演员的镜子”的职责所在。一部作品能够流传，最终还是要靠演员成功塑造经典人物形象。

演员的最高使命就是塑造完美的人物形象，但是剧本所提供的人物，无论在性格的刻画上或是在形象的塑造上，都存在着这样那样的缺欠与不足，有待演员的创造。所以排练时我对演员提出了几个要求：

1.认真阅读、分析、研究剧本，全面理解剧本的思想内容，了解自己所扮演的人物，以及同其他人物之间的关系。演员们要展开创造性想象，针对人物的容貌、身

材、仪表、风度和言谈举止、穿着打扮等外在形态，以及身份、地位、阅历等社会面目，包括人物的气质、脾性等心理特征，做出角色的构想与设计，可以撰写角色小传。这样有利于弄清楚和把握好自己的角色，人物性格的形成、变化和发展。

2.在创造角色时，注重对人物的精神状态、内心生活、情感世界乃至潜在的意识与心境进入深层次开掘，力求人物形象丰满起来。在此基础上，建立起人物的思想线与感情线，随同人物的行动线，在创造角色时交融一体，有机地运行。在此次排练中，我要求演员训练好自己的肢体，用科学的方法加强肢体的训练，展现内心体验与外在表现、心理与形体、内在与外在高度结合的表演方法和技巧，以此统一所有演员的风格。希望演员们塑造角色时，达到真实生动、情感饱满、表演自如、技巧娴熟、性格鲜明、形象深刻的艺术境界。我将这种训练与传统戏曲打击乐进行衔接，通过打击乐的灵活运用，把人物微妙、细腻的心态生动地表现出来了。尤其是敌机轰炸、群众慌乱逃散、大雪中大娘买药返回等场面的运用，要把戏曲锣鼓用活，包括常说的急急风、乱锤、滚头子、水底鱼等点子，但也要注意西方训练与东方锣鼓的有机结合，在运用时要掌握分寸，相得益彰！

总之，艺术作品想要完美呈现，是需要不断打磨、不断改进的。对于战争题材作品，创作时要怀有一份崇高的敬意，要与那些峥嵘岁月进行深刻的心灵对话。黄梅戏《抗大母亲》是一部气势恢宏，严肃而厚重的艺术作品，更应该是一部发人深思、呼唤人性本真的艺术作品，展现平凡而伟大的母爱，展现战火纷飞年代水乳交融的军民鱼水深情。它就像一幅泼墨山水的诗意画卷，就像一股沁人心脾的甘甜雨泉，于无声处显力量，用清新质朴的气息感染着台下的观众。

学院版黄梅戏《梁祝》和青春版庐剧《白蛇》

2014年，学院推出《梁祝》，这是继2003年《杨门女将》公演后，又一次全部由在校学生参演的作品。《梁祝》参加了黄梅戏展演周的对外公演。在整整一学期的排演中，老师和同学们付出了巨大的心血，学生们顶住了压力，挑起了重担，展现了扎实的基本功，赢得了社会各界的称赞，也体现了学院黄梅戏人才培养的教学成果。

2019年学院排演青春版庐剧《白蛇》，是我院和合肥演艺集团的一次深度合作，在院团双方的共同努力下，我们用五年时间培养了一拨年轻的庐剧人才，这是校企合作、院团“订单”式培养合作的新模式的成果。学院近些年除了重点培养黄梅戏表演人才之外，还先后培养了庐剧、泗州戏、皖北花鼓戏、岳西高腔、浙江睦剧等多个戏曲剧种的人才，为非物质文化遗产传承做出了贡献。

传统戏曲复排的现实意义

——《云楼会》导演创作

一、老戏复排的现实意义

《云楼会》剧情简介：靖康初年，金兵南侵，北宋皇室宗亲、官员宫女惨遭残害。宦家之女陈妙婵父母双亡，无家可归，栖身于慈云庵，带发修行。慈云庵师太侄儿潘必正会试不第，无颜回乡，暂借庵堂读书。才子佳人，琴遇知音，诗词唱酬，日生情愫。师太有所察觉，害怕少男少女干柴烈火，做出有辱佛门、误了侄儿前程之事，逼侄儿早日离庵，赴京赶考。浪荡公子黄金标垂涎妙婵美色，妙婵不从，黄金标以烧毁云楼相逼。无奈之下，妙婵将计就计，自称已有身孕，躲过一劫。潘必正得中状元，回乡与妙婵相会，得知妙婵身怀有孕，恼怒万分。妙婵戏逗状元，解下腰带，取出两人定情词笺，一场误会解开，有情人终成眷属。

《云楼会》是黄梅戏36本大戏中的一本，也是安庆第二批老戏复排的剧目。此次为太湖县黄梅戏演艺有限公司导演创作的版本是在口述本的基础上，增加了从昆曲、京剧中吸收的内容，以及我自己的思想，形成了三者结合的表达形式。在接手《云楼会》一剧时，我想恢复、留存老剧目固然重要，但我考虑更多的是排演传统剧目的现实意义。改编传统剧目要表达什么？有什么是与当下社会生活紧密联系的？如果仅仅把过去的内容复述出来，那排演这出戏就失去了意义。《云楼会》一剧两条线并存：一条线写爱情，“有情人终成眷属”，千百年来观众都喜欢看，爱情是永恒的主题；另一条线，剧中刻画了富家子弟黄金标为非作歹、强抢民女、鱼肉百姓

的丑恶行径,这一条线也是我想重点表现的。

尽管爱情戏好看，但是我建议将此戏的主线调整到如何解决恶霸黄金标这一块,这显然与当下“扫黑除恶、清正廉洁”有紧密联系,这是剧本与时俱进的重点之处,要赋予剧本新的立意。建议通过设置三次艺术处理来增加全剧的矛盾冲突。目前全剧矛盾冲突不强烈、不明显。第一次是陈妙婵与黄金标抗争(剧本中已有),第二次是妙婵在逃脱时被当地百姓救下,黄金标在众目睽睽之下强抢妙婵,这是百姓与黄金标的抗争。第三次是潘必正做官回来审理当地冤情，在公堂之上严审黄金标,最终处决了黄金标,救出妙婵,两人终成眷属。

全剧既然设置了两条线,那么就要把主次安排清楚。就目前来看 ,全剧的结尾处理有点虎头蛇尾,分量不够,观众感觉看得不过瘾。爱情固然重要,但纵观全局,把重点放在扫黑上更具可操作性,在与恶势力斗争中更能凸显妙婵对爱情的忠贞。但全剧在结尾处让妙婵去戏弄潘必正绝对是不可取的，也是不符合实际的,应该删除。

二、静心的《云楼会》音乐

《云楼会》是一出经典的传统戏,又名《玉簪记》,是昆曲的代表作品。昆曲《琴挑》《偷诗》、川剧《逼侄赴科》都是经典。用黄梅戏这一年轻剧种去排这样的经典剧目,它的出彩点在哪里？尽管黄梅戏被人们誉为“中国的乡村音乐”,适合展现才子佳人的爱情故事,但是要排出“人有我特,人特我尖”的艺术效果,还是需要下一番苦功夫的。

一出戏音乐水准的高低,势必影响这出戏的艺术生命力。对《云楼会》音乐形象的确立,我个人认为是最关键的问题。首先,我建议将佛教音乐元素加入其中,以强化全剧的音乐气氛,再将钟声、木鱼声、鼓声、磬声等乐器本身所具有的音乐效果放在其中，作为剧中人物内心节奏的外化状态。其次，我选择古琴曲《梅花三弄》在剧中呈现。我很喜欢古琴，古琴给人一种古朴深邃的感觉，透过音乐可以展开无尽的空间想象。古琴曲不仅与剧中抚琴有紧密联系，也符合两人的情感传递，以及人物品性展现的需要。

此外，我特意设置在观众进场时，播放古琴曲《梅花三弄》，让观众在全剧开演前能静下心，调整好呼吸，好好欣赏一出剧目。在配器要求上，《云楼会》一定要原汁原味。现在似乎有一个误区，一到录音就提倡交响乐。交响乐的听觉效果无可厚非，但也要顾及剧团的经济实力，尤其是基层院团的艰辛。另外，并非所有的戏都适合搞交响乐。经典传统戏用民乐来展现，更能凸显黄梅戏的亲切感和接地气的艺术魅力。因此，《云楼会》的配器要充分考虑各种民族乐器的艺术魅力，琵琶、笛子、古琴、洞箫等乐器的加入，要布好局，要突出层次，配出意境。

三、空灵写意舞美、回归戏曲本体

传统戏曲讲究大写意，强调意境美，因此，《云楼会》的舞美设置一定要空灵写意。考虑到剧团的实际经济状况，我同意舞美设置采取LED屏幕与部分小景完美结合的方式。我时常想，现今做戏，动辄百万，但钱是不是真的花在刀刃上了？提倡大制作，提倡满台堆，提倡所谓炫技的导演想法，是否可取？我想我们戏曲人应该冷静下来好好思考。我个人觉得还是要脚踏实地、负责任且用心地去做戏曲作品。很多剧团非常辛苦地弄来了一些资金，为什么不能多划出一些作为演员的排练费用呢？更有甚者，有些剧团连剧场都没有，一出新创剧目排练完后，这些庞大的道具该放在何处呢？如果租借场地存放，看着花巨资做的道具一点点破旧、损坏，心里该是何种滋味？戏曲百余年间，随着时代发展，观众的观赏习惯虽然不满足单单是一桌二椅的表现形式，可作为戏曲导演，我要时刻提醒自己不能忘记戏曲艺术的美学原

雲樓會

则,不能忘记戏曲的本质所在。

《云楼会》的舞美背景采用了LED屏幕,尽管在亮度上会对作品的综合呈现造成一些影响, 但这点困难与浪费剧团的大量钱财相比, 与让剧团演出方便携带相比,我觉得值! 只要在使用时用活头脑,多出点子,巧妙衔接,我想舞台的最终呈现也不会差。对于《云楼会》的舞美,我和设计师柴高伟老师的观点完全一致,我们采用了祥云的抽象符号来作为背景图案,选用莲花这一植物来体现意境。用镂空工笔画的纹路加以艺术处理,同时在舞台上方悬挂一些吊景,体现庵堂的庄重严肃,做好两者之间的柔和衔接。除此之外,《云楼会》的小道具除了宫灯、香炉、莲花座、一桌二椅,极其简单,舞台上显得特别空灵写意。最终,《云楼会》的舞美得到了专家和观众的一致好评。

四、提升演员程式技艺的表现层次

《云楼会》这出戏对人物表演细腻化处理要求很高,排练中我多次提醒演员表演要细腻、人物间情感传递要注意转换的速度、节奏与层次的划分、情绪的铺垫、张力的收放。考虑到戏曲身段的古典意蕴的要求和黄梅戏演员身段表演的弱项,此次排练中我加强了对演员身段的训练要求。我发现,基层院团演员长年下乡演出,几乎没有多少提升的空间和机会, 在刻画人物形象时眼神的细腻区分把握与整体的形体语汇表达方面都很弱。戏曲艺术讲究造型美,演员站在舞台上,他的肢体要传达出一种美感,产生一种雕塑感。戏曲艺术讲究"精、气、神"的外在表达,讲究身段处理的动静结合、张弛有度、强弱对比。

在《云楼会》排演中我还特别强调了眼神的运用。眼睛是心灵的窗户,眼神是心灵的表露。人物在任何状态下,精神实质与内心情感的表达都取决于眼神的精确运用。人物的情感决定人物的眼神,决定人物的喜、怒、哀、乐,决定台词语气和人物行动。眼神分寸掌握准确与否，直接关系到人物情感的表达。因此，在《云楼会》中如何将爱、怨、盼、惊、怕、羞等诸多眼神准确、完美地表现出来，并与四功相互刺激、相互作用，这对戏曲演员而言是有一定难度的，是需要下功夫来琢磨的。准确的眼神才能准确地传情达意，稍微不注意就会“失之毫厘，谬以千里”。

演戏需要内心体验，戏曲表演更是要通过外在的戏曲程式技艺等表现手法把人物的内心活动、精神气质和性格特点展现出来。演员对人物内心世界体验得越深刻，对人物的性格把握也就越准确，人物鲜明的外部形象也就越突出。戏曲演员学戏时年龄偏小，文化知识储备相对薄弱，因此要加强自身学习，提高文化水平，提升文化底蕴。作为演员一定要认真仔细研读剧本，分析剧本的主题思想与现实意义，了解剧中人物的关系、矛盾冲突、规定情境等。演员不是躯壳，不是导演的工具，演员应在导演的启发下充分发挥自身的艺术魅力，而非机械模仿导演所教的套路，要学会举一反三。演员要对所扮演的角色深入了解，展现人物性格的多面性与复杂性，挖掘人性的最深处。要用心感受所饰演的角色，和人物同呼吸共命运，达到“戏内戏外合一”的境界。

演戏就是要相信人物，“假戏真做”，唤起所有真实的感觉，要相信一切的规定情境才能对自身的表演产生真挚的信念感，才能捕捉到人物的形象感，只有这样方能将立体、丰满的人物形象展现在观众面前。在排练过程中，我一再强调演戏要按照人物的逻辑思维去思考，按照角色的行动线去活动，没有思想的动作和没有动作的思想是不存在的。演员要充分考虑人物的外部动作，但设计好了的动作往往是不够的，必须以整个身心投入人物的规定情境中，设身处地地感受人物的种种经历与遭遇。机械地背诵台词，重复性地走套路是演不好戏的。一遍就是一遍，每次排练都必须保持新鲜感，和第一次排练一样，要以一个新的态度去对待戏剧。不要放过任何一处细节，严格要求自己，剔拙补精，这样才能提升戏的品质，才能打造艺术精品。

五、《云楼会》排练带来的思考

在导演创作中，我时常问自己，如何把握戏曲本质、体现戏曲灵魂、彰显戏曲特色、固守戏曲本源？在古典戏曲艺术的深层次挖掘与艺术样式上如何突破？传统戏曲技法与现代剧场艺术如何做好渗透式契合？导演素养提升的关键在哪里？

我想，一名合格的戏曲导演应充分思考：如何将传统戏曲艺术的古典神韵与当代社会的审美价值进行合理的渗透式融合？如何在导演的具体实践过程中，既能充分展现戏曲艺术美轮美奂、高超精湛的传统程式技艺，又能充分研究当今观众观剧的心理情趣，将现代剧场艺术的综合性因素植入戏曲中？

中国戏曲“以歌舞演故事”的本质及戏曲寓教于乐的社会功能，千百年来潜移默化地影响着中国艺术乃至社会的发展，东方审美文化理念价值、道德素养观念、人文思想情怀与自身艺术的创作规律有着密不可分的联系。当代中国戏剧艺术飞速发展，各种戏剧流派、戏剧样式、戏剧思想的碰撞不容忽视。集综合性、程式性、虚拟性、行当化于一身的三大戏剧流派之一——以梅兰芳为代表的中国戏曲艺术，在不断发展、不断变迁的社会变革中，在艺术创作发展过程中，导演的角色该如何扮演？如何使自己成为一名懂得艺术创作规律、有高度社会责任感的导演？导演艺术究竟在戏剧发展中起何种作用？导演是否应该关注古典神韵与当代审美，即传统戏曲技法与现代剧场艺术渗透式契合这一课题？

导演个人魅力的提升，涉及综合实践能力的拓展，文学、美学、心理学等多种学科交叉渗透式互融，思辨性思维模式框架的构建等一系列问题。尤其是近些年来“话剧加唱”这一屡见不鲜的提法，更显现出戏曲艺术创作过程中导演本人艺术功力与修养的重要性。导演要精准掌握传统戏曲艺术的创作规律，熟练知晓戏曲“四功五法”技艺性，用当代审美价值观去关注传统，用现代的戏剧舞台样式去表现古代戏曲艺术，形成完美的结合。

中华文化博大精深，56个民族拥有200多个常演剧种。如何把握戏曲本体、关注个性差异、观照社会现象、融入当代观念、避免“话剧加唱”，这些都是需要认真对待的课题。如何坚守各自剧种的艺术特色，如何彰显地方戏曲的地域文化，如何创造新的戏曲表现形式，也是导演应当关注的。导演应当在一度文本创作中，就将自己的意识形态、价值观念、审美取向、社会准则等问题与编剧进行深入沟通，力求在二度创作中达到跨越式提升。导演作为一部作品的“统领者”，最终目的是通过表演从精神层面与观众交融沟通，共同探究人性的本质与意义。因此，对戏曲艺术作品文本做深层次挖掘，显得颇为重要。通过直观的人物内在精神生活的复杂多变性来探索人性的良知善恶，彰显社会道德准则。

演员在剧目中要找到“形象的种子”，而导演要在作品中找准“作品的灵魂”，这是导演最具决定性的创造。优秀的剧本都能够借古喻今、鞭笞社会，达到警醒世人的目的。导演每一次排戏实际上都是在面对社会严谨发言，透过这出戏把导演对当下的认知和社会责任感表达出来。要表达真实的想法，传达出最为真挚的艺术情感，以感染观众、打动观众。导演对艺术作品的把握，靠的是严谨的态度、扎实的功力和缜密的思维，是自身综合实力的体现。对传统戏曲的古典神韵与现代视听综合艺术语汇的融合，需要整体设计构思，从而达到综合性的艺术提升。现代戏曲的发展对导演综合素质与技能的要求越来越高，导演一方面必须对传统戏曲规律和技法了如指掌，一方面又要自觉地超越戏曲的本体，博采众长，为我所用，形而上地观照与构建未来演出的整体性表达，将传统规律和技法与整体性、综合性艺术观念进行有机融合，从学术理论层面进行充分准确的佐证，形成理论与实践的有机结合，体现学术上的规范性、合理性、严谨性、科学性和前瞻性。

戏曲导演一定要学会用中华民族自己的戏剧传统、思维方式和审美习惯来完成具有中国意蕴的戏剧作品。可以合理运用“拿来主义”，形成自己的导演风格和特色。焦菊隐先生曾为中国话剧的民族化呕心沥血，话剧尚且迈开脚步走进民族化，土生土长的戏曲文化更应如此。当代戏曲导演一定要努力提高自身文化道德和艺术素养，树立正确的价值观，要清醒地意识到中国观众最需要什么。因此，导演批判性思维能力、自身的风格及个人修养，直接关系到作品的舞台呈现。总之，赋予自己的理念，是导演对作品进行样式创造的核心内容。

戏剧是人的艺术，戏剧应该深刻洞悉人性、准确解释生活、细腻表达人物关系，不去刻意取悦观众，要用最高的审美标准要求自己。好的作品可以洞察人的精神轨迹，作品可以从多个角度挖掘人性。以歌舞演故事的演剧观，决定了中国戏曲舞台表现形式的歌舞性、虚拟性、程式性的特点。中国戏曲以空灵的笔触表现现实，以有限的形象表现无限的世界，以虚拟实，虚实相生。中华民族在审美方面较为感性，特别注重情感、伦理、道德的愉悦和满足。中国古典艺术非常注重视听全方位的审美感受的美学特征。中国戏曲的美学价值与品格，在于它不仅真正通达了艺术假定性的本质，而且已经成为一种完整、统一、和谐、成熟而系统化的假定性的演剧艺术。

构建具有鲜明、浓郁的民族风格及神韵，并赋予当代审美情趣与精神，中国戏曲只有做到民族化、现代化与国际视野有机融合，才能真正成为整个世界共同崇尚的艺术形式，才能真正显现它别具一格的艺术价值，使古老的戏曲艺术与现代人的审美情趣和思想观念有机结合，使传统戏曲的古典神韵与现代剧场的思维、技术相映生辉，是戏曲艺术真正步入现代，发扬光大，直至永恒的关键。

中国戏曲现代化,应让作品思想内容及人物精神深刻具有现实性,这是作为戏曲导演需要挖掘的首要方面。戏曲作品内在思想的深刻性,以及由此带来的与当今观众精神生活所紧密相连的现实性,是戏曲现代化的关键。戏曲作品内在思想的深刻性与现实性,必然体现为剧中人物内在思想感情及精神实质的复杂性与现实性。中国戏曲古典神韵及精华以及美学神韵,就是“以歌舞演故事”。坚持与发扬传统戏曲“以歌舞演故事”的演剧风格,是戏曲创作的基本前提。要将空灵写意的舞台设计与戏曲的虚拟化表演做到极致。古典神韵与当代审美相互交融,传统技法与现代剧场有机结合,是必须加以研究的重大课题。

好的戏曲导演在其成长过程中,要脚踏实地、一步一个脚印地往上攀登,要通过调研,寻找最为质朴、传统的戏曲样式,回归戏曲艺术本体。通过观摩、研讨西方戏剧样式, 找寻最具艺术魅力的舞台呈现形式。结合一定创作数量的舞台艺术作品,真真切切地学会把现代观念植入戏曲本体中,并且在创作过程中,进行现代理念的阐述。年轻导演不可故步自封,要敢于向各种“姊妹艺术”学习。要通过研读学术性论文,从理性层面上,合理、严谨、科学地找准戏曲本体,在传统中创新,在创新中继承,在吸收中融合,在融合中发散。要给予现代戏剧舞台一种全新的戏剧理念,给予传统戏曲一种全新的戏剧氛围。

新时代的戏曲艺术创作,一方面要强调戏曲的民族化、地域化、特色化,但绝对不能忽视戏曲古典美学与现代审美的差异,要将当代文化政策、现代戏剧舞台呈现方式与传统戏曲的创作传统有机地渗透契合, 打造真正优秀的戏剧作品。另一方面,也要提高剧场艺术的“综合性”,从传统剧场的较低“综合”走向现代剧场的高度“综合”,突破传统戏曲表现形式上的局限性,打破固有的戏曲结构,将现代语汇、现代人的思维方式及价值审美观念融入传统中。在多媒体、自媒体时代,要“守正创新、开拓进取”,要努力拓展剧场视听综合语汇资源,使其既能牢牢把握戏曲质朴的本质元素,又能超越戏曲自身的缺陷与不足,打破传统的戏曲语汇。

要想成为一名优秀的戏曲导演,必须具备全面的戏曲导演功底。我一直非常尊崇著名戏曲导演杨小青说过的一句话,她说,好的戏曲导演首先必须是一个好的戏曲技导。杨导说,如果戏曲导演对最起码的戏曲程式技艺都掌握不足,指望技导和舞蹈编导,那就会形成几张皮的感觉,整体的协调感就会大打折扣。所以要想成为优秀的戏曲导演,必须形成正确的世界观、人生观和价值观,加深对西方戏剧艺术的吸收融合,紧跟时代脉搏,关注戏剧发展,挖掘戏剧情怀,纵观东西方戏剧文化差异,要具备人文思想并充满激情与个性。“忌竭泽而渔,宜厚积薄发”是我的座右铭,它将永远伴随我。

《云楼会》是一出传统剧目,为了全剧的最终舞台呈现,必须对剧本进行修改与调整,现对《云楼会》做全剧场次分析:

第一场:

1.落难女逃难宿庵堂

建议:戏剧舞台节奏在开场的设置应该是快节奏的,不能拖泥带水。开场可以运用佛教音乐、空灵写意的舞美来营造整个慈云庵的环境,让观众进入剧场后快速适应戏剧情境。目前的处理显得拖沓,拉慢了舞台节奏的推进。

师太的独唱恰恰可以作为开场的合唱,形成寺庙与杀戮环境的鲜明对比。开场可以是师太带领众多小师太拜佛诵经的集体画面。

妙婵与丫鬟的对话,师太的叮嘱,不必过多。妙婵自我介绍的唱段,可以放在第三场《琴挑》中与潘必正的对话里,从而加深潘必正对妙婵的了解,也可以放在必正与姑母的谈话中由姑母说出。

2.必正妙婵初相见

建议：潘必正前来可谓打破了庵堂的平静，剧本中让妙婵自己演唱(鹿儿心头撞、哪来潘安郎)不可取。人物的身份决定了她的语言与行为，陈妙婵是官家之女，从小上过私塾、读过文章，是小姐之身。她在第一次遇见潘必正这样帅气的小生时，尽管内心是开心的，但是总体人物基调是她父母双亡、无家可归、带发修行，因此不会自己唱出这种语句，这样有失身份、过于直白。可以采用伴唱形式，通过放大演员的表演，展示人物内心节奏的变化。

3.丫鬟妙娟可否修改一个名字？妙常、妙娟，感觉好像是姐妹俩，在过去大户人家这是不可能的。建议将小师太们的名字设置为妙云、妙空、妙香、妙静等。

4.第一场建议在佛教音乐中结束，这不仅与开始形成首尾呼应，而且此刻庙堂的音乐与人物的内心节奏是相碰撞的，外部的静与内部的动，观众是可以感受到的，也预示着后面的剧情朝什么方向发展。

第二场：

跋扈公子进庵堂

1.建议：黄金标这个人物的设置，是这个剧本区别于《玉簪记》的可取之处。反面人物的设置增加了全剧的矛盾冲突，推动了舞台事件的发展，更使得妙婵这一人物形象除了与必正的情感戏之外，还具有忠贞与骨气。

黄金标的开场唱腔可以处理为夹唱夹念的表现形式，更加凸显人物的性格。

"博得一笑"这个地方，妙婵的大声耻笑破坏了人物的美感，实际上妙常对这种无赖之人是看不上眼的，无须再与他多言。四人重唱后黄金标可以进行拦阻，增强画面感，最终妙婵拂袖而去。

"心有怨骂强作笑，看他还有什么招"两句需要改动一下，要把妙婵对黄金标的态度表现出来。此处师太的语言过于现实了,容易让观众对师太的人物定性产生怀疑。

2.建议:黄金标的离开要留有悬念,要做好扣,尽管这一次他没有得逞,但可以把下一次来的动机与目的表明,要事先埋好伏笔。

第三场:

1.第三场是重点场次,要展现出唯美的意境。此次在表演中需要适当融入昆曲表演的形式,展现戏曲的古典意蕴之美。可以借用《高山流水》的古琴音乐来呈现妙婵演奏时的状态。其实,音乐的真正意图是表明妙常的心智,音乐中"相知可贵、知音难觅"不正是妙龄女子妙婵内心真正期盼的吗?庵堂的清规戒律看似是一张无形的网,桎梏着少女的心,但真正的春情是压抑不住的。

2.妙婵的身世在这一场可以详细地告诉必正,在开场时没必要重复叙述,显得啰唆、拖沓。"金兵入宋中原乱"可以与前面结合。

3.目前的三场实际上是将《琴挑》与《偷诗》两场合二为一了,这种创新是可取的,缩短了时间,也加快了节奏,但在表演上更要注意细节化的处理。

4.潘必正躲在花丛中唱(句句都是凡尘性)可以删除。此处潘的继续演唱,破坏了妙常一人的情感抒发。

5."心儿倦、意愁烦"两句伴唱可以重点渲染,外部通过形体敲击木鱼的状态,反衬出人物内心情感的波澜起伏。后面的"松舍青,灯闪闪"一大段,可以采用诗句的节奏念出,不需要再唱,可以是边念边写,从观众的听觉感受上也会更加舒适。

6.陈妙婵睡着之时必正出场,此处需要增加几句唱腔,一是表现潘再次上场的原因,二是表现必正真真切切地看到妙婵的美貌而有感而发。对妙常外在形态的描述,符合一个少年的本性。

7.将两人的对唱调到“共把《关雎》同咏”之后，此时用对唱来表现可以将两人的情感点推向高潮，目前用丫鬟的上场，实际上破坏了舞台的节奏推进。结尾处在舞台表演后区增加师太出现的剪影即可。

8.第三场对音乐的处理要巧妙精致，要古朴细腻，吸收昆曲、古琴的音乐效果，将《琴挑》《偷诗》的意境之美表现出来。

9.处理好演员的身段造型，尤其是要运用好道具折扇与云帚，设计出双人对手戏造型的雕塑美感。

第四场：《逼试》

此场无须大调整，更多的是要强调演员的表演，尤其是必正对待姑母与妙婵的双重艺术化表演。同时注意舞台调度的流动性，表达出两人依依惜别的真情实感。

第五场：《秋江》

1.建议：此场戏是老戏，但与《云楼会》整个剧情的推进没有多少关联。因此，建议大调整，留出篇幅放在核心高潮场次第六场。

第六场：

1.建议：此场是全剧核心场次，要认真处理，前面的矛盾冲突还可以，后面要重新构思。

调整黄金标此刻的人物身份转变为县太爷，黄金标无法无天、胡作非为，大白天强抢妙婵，妙婵誓死不从，躲在云楼上，黄金标命令下属火烧庵堂，逼迫妙婵归顺。妙婵对必正的爱、对恶霸的恨，使其从庵堂后门逃走。

2.建议：

增加黄金标派官兵追寻场面。

增加妙婵在狂风暴雨中逃走的场面，通过戏曲长水袖技巧来表现妙婵的人物个性,也将传统戏曲的程式化美感表演与戏曲锣鼓经的综合运用,表现得淋漓尽致。

增加核心唱段,全剧缺少一个核心唱段,唱对世道的控诉、对恶霸的痛恨、对必正的思念、对爱情的向往等等。唱词需要运用字数不同的结构处理,里面也可以增加伴唱,来展现演员的表演。

3.建议:最终在黄金标的淫威之下,尽管老百姓要救,可妙婵还是被抓走了,将戏推向高潮。

4.建议:删除原有的假怀孕情节,那样不利于人物形象的刻画。

第七场:

1.建议:必正高中、回乡祭祖,老百姓怨声载道地控诉黄金标,尤其是强抢民女一案,潘必正处置了黄金标,最终大快人心。世道公平、朗朗乾坤,恶霸贪官最终没有好下场。这是全剧要好好宣扬的,这与当下的主题紧密联系到一起。要给潘必正增加一段唱腔来表达为官之道,提升全剧主题。

2.建议:必正、妙婵应该是相互想念的,所以必正见妙婵怎会气恼?应该是体贴关心,目前的设置显得必正过于武断。

3.建议:结尾“哪个男子不多情,哪个女儿不怀春”不能出现,这对提升全剧的主题立意是有伤害的。

茫茫黑夜寻光明，栗子花开又是春

——《清清的义水河》

第一次听到《清清的义水河》这出戏的剧名，我就很喜欢，从剧名中似乎可以感受到河水潺潺流动的画面感。2021年建党百年之际，作为文艺工作者，用这样一部红色作品向党献礼是我们的光荣。

罗田，这片红色革命的土壤，书写着无数令人感动的革命故事。《清清的义水河》里的女主人公方玉恒，是一个值得用心去书写、用情去歌颂的革命者。她用她短暂的一生、炽热的鲜血，诠释了一名共产党员的人生价值。

排练过程中，我多次晨跑到义水河的两岸，望着义水河，我仿佛看见了方玉恒的童年，她带着弟弟、骑着老牛，在义水河边玩耍。这些浮现在脑海中的人物形象，我希望他们能出现在我后期的创作中。男儿有泪不轻弹，只是未到伤心处。当《清清的义水河》在湖北武穴大剧院首次合成时，当方玉恒英勇就义时，站在剧场最后一排的我情不自禁地哭了。那一刻，我的内心被狠狠地击碎，我被这些革命先辈可歌可泣的事迹深深打动。

《清清的义水河》是由湖北罗田县黄梅戏剧团精心打造的。从2020年底召开第一次碰头会，到次年5月开排，再到2021年的11月二次加工，客观地说，这出戏的品质还是相当不错的，无论是对传统戏曲元素的用心保留，还是对舞美新样式的大胆采用，甚至高科技威亚技术的使用，我们都思考得很全面。大家用心用情，想把这部作品做到位。回想这出戏的费心之处，可能还是在于文本的敲定。在文稿的修改、调

清清的義水河
现代黄梅戏

整上花去了大量时间，整个创作过程当中，剧本修改了18稿。

导演接戏后，第一步就是修改剧本，调整剧本，使剧本更适合舞台演出。我相信编剧写剧本是带有充沛感情的，但导演会更多地从整体舞台艺术观上把握剧目的走向。这出戏我是用情去创作的，整部戏围绕父女情、夫妻情、同志情、乡亲情、革命情等一系列情感展开。2021年，红色题材作品创作是全国戏剧创作的主流，如何从众多作品中脱颖而出，如何在作品中有自己的亮点，如何让观众喜爱我们的作品，我想关键是要学会讲好中国故事。如何讲好中国故事？我力求做到以下三点：第一，把故事说圆了，别前后不搭，讲不透彻；第二，要有自己的想法，要有设计，要有几个感人的地方；第三，导演创作中要有亮点，在舞台样式上要有自己的创新点。我想《清清的义水河》中这三点应该都做到了。

我想谈谈对这出戏文本调整的感受。导演与编剧有可能是一对冤家，抑或是亲密的战友。在18稿剧本修改过程中，我调整了多次，以使剧本更加流畅。首先，我使用了摘除法，原有剧目许多地方节奏不够紧凑，结构不够严谨，因此必须摘除很多不合时宜的地方，提升整体舞台节奏感，将原本2小时20分钟的戏缩短到1小时55分钟，做到全剧的起、承、转、合自然流畅。其次，我利用填充法，对原剧本中部分单薄的地方进行填补，这也是我在修改剧本中运用最多的方法。《清清的义水河》中有几处问题，如情节量缺少、高潮推不上去、不够抒情、缺少铺垫等。在主人公砸脚的合理性上、送信的逻辑性上、相遇的高潮点上、情感的抒发表达上，我都重新做了调整。在《送信》一场中，加入了双重唱形式，通过这种方法将方玉恒与金宝珠两人不同的心理活动充分展现出来。在牢房相遇时，通过黄梅戏最具代表性的对唱，加上载歌载舞双人形体设计、众多意象化女子伴舞的艺术处理，将这个场面的氛围营造了出来，将夫妻间的深厚感情挖掘了出来。“相依相伴、相亲相近、相知相惜、相爱相怜”这16个字是我亲自写的，我想这足以说明他们之间的感情，此刻用伴唱升华了主题、烘托了气氛、提升了人物品格。这些填充的地方不失为作品成功的关键。感谢老搭档丁永钢老师，他为整部戏音乐色彩注入了灵魂。

如今，话剧导演走进戏曲创作领域早已是司空见惯的事，但话剧与戏曲的艺术创作规律还是有着明显区别的。举个例子，传统戏曲的上下场、换场是不需要灯光的，是依靠戏曲锣鼓转化和二道幕来解决的，这种方式的转换尽管没有绚丽变化的灯光效果，但是有良好的视觉欣赏效果。如今随着高科技灯光的介入，舞台色彩斑斓，可导演在创作中还是要认真思考，应该采取适当的方式，把有些场次与场次之间、段落与段落之间连在一起，不要剪断。这样不仅使得舞台节奏更加紧凑，而且避免了随意采用切光。一部戏当中如果不停地切光，就会使观众多次眼前突然一黑，在视觉上不舒服、不适应，观剧效果大打折扣。在《清清的义水河》一剧中，我采用并联法，将多个场次融合在一起，使得一场戏中出现的多个板块衔接自如，转换合宜。

在二次加工提升中，为了强化立意、延伸情节、拓展人物性格，我也对部分段落进行生发，对戏的一部分地方进行再修改，但不是大修改。我将第一版本中的关键性道具(玉佩)这一环节全部省略了，原本是为了串联方玉恒的身世，为后来与母亲相认做好铺垫，尽管这一大段唱腔、表演演员表现得都不错，但是为了全剧的综合呈现，导演只有舍弃。这种对剧本的处理是有必要的，要抓主干、立主脑、去除冗杂，提升整个作品的艺术欣赏水平。

为了剧本更加通顺流畅，我运用调换法，将一些人物前后出场的顺序及一些唱词、念白进行前后调换，使剧本更适合舞台演出。经历18稿的修改，《清清的义水河》搬上了舞台，获得了好评。此外，对戏的开场也进行了精心的设计，用简练的手法交代了作品的核心事件或与核心事件相关事件的起始点。我把这种开场作为情节发展、转折、高潮的伏笔。其实在戏剧作品中从何处作为起始点入手来叙述故事情节，用何种艺术形式来展开戏剧动作，都是导演在开排前要仔细谋划的。导演是二度创作的艺术，变文字为形象的动力是建构戏剧演出的关键。《清清的义水河》一剧要做到情节上吸引人、情感上打动人、哲理上说服人。要设置好独特的情境，寻找鲜明的表现形式，营造富有戏剧性的高潮，传达好主题或思想立意，用一个完整、动人的故事演绎出个性鲜明的人物形象，把剧中每一个人物都能送到跌宕起伏的命运航程中。作为一个基层院团，创排这样一部红色题材的作品，实属不易。我为吴利亚、沈文鹏、徐督嘟、肖华等老师的精彩表演点赞。

乱世浮沉中，一片丹心照

——《乱世才女》杂谈

2020年底，我接到胡倩女士的创作邀请，去上海隽德黄梅戏剧团做一台原创黄梅戏《乱世才女》。这是一个不小的挑战，上海做越剧倒是方便，做黄梅戏原创在这儿还是第一次。

《乱世才女》讲述了才貌出众的夏淑吉亡夫后，携幼子侯檠回到娘家，时值明廷败落，清兵南下，将夏、侯两家带入了无尽的灾难中。父亲夏允彝和弟弟夏完淳相继就义，夫家一族也在奋起抗清中几乎惨遭灭门。一心追求美好、向往太平的才女生逢乱世，国破家亡，爱情难系，诗心难展，生活难继。面对倾天之灾，夏淑吉在知音好友陆元辅的相助下，扛起了收拾两个破家和保护一脉根苗的重负，无奈携家带眷遁入空门……这是一部令人反思的悲剧，国不强则战祸生，作品阐释了和平的珍贵和传承中华文化的重要。

在这部作品中要重点突出夏淑吉这个女性角色。这个被少年抗清英雄夏完淳比作东汉大才女蔡文姬的夏淑吉，有两个鲜明的特色——守节与养亲抚孤。在明清王朝更迭之际，即使男子普遍殉国，家庭中的女子大多还是艰难地存活下来了。这种现象，与顾炎武提倡的“天下兴亡，匹夫有责”的理念有关。顾炎武的老家在昆山千灯镇，离嘉定、松江不过一小时路程，他的理念不可能不影响周边地区。从这些女性角度来看，生存下去也是对亡夫的一种交代。与青灯古佛为伴，在无尽痛苦与仇恨中，煎熬成为必然，也是唯一选择，养亲抚孤和守节成了她们余生的两大任务。

《乱世才女》一剧并非全方位记录夏淑吉的一生或罗列她的所有事迹，而是以她的若干典型事例为核心，再结合其身边人物与其之间的关系创作而成。

《乱世才女》一剧立意新颖、构思巧妙、人物鲜活。演出风格样式、人物形象刻画、服装设计、作曲配器以及表演风格，都应融入特定时代的元素，既要符合黄梅戏生活化的剧种特质，也要符合戏曲艺术写意传神的美学精神，并注入特定的内涵，创作过程中展现戏曲“表演程式”的时代品格特性。

一、排练设想

黄梅戏《乱世才女》通过剧中人物不同命运的纠葛，提出了“人生的价值究竟为何”的追问。我们发现，特定历史时期的典型人物身上绽放出了夺目的光辉。《乱世才女》呈现于戏曲舞台，作为导演，我首先考虑是通过这部戏，反映什么样的时代精神、什么样的人物性格。

这是一部由真人真事改编而来的戏曲故事，是一部明末清初松江九里亭夏家发生惊天变故的悲情大戏。全剧展现了夏淑吉的智慧与爱国胸襟、陆元辅的痴情和善解人意、夏完淳的刚毅和报国热情，这些人物形象的描绘都十分感人，颇具传记性质。尽管这部戏是一出悲剧，有悲剧的情节、悲剧的结尾，与中国传统戏曲审美观相左，正如鲁迅所言，“悲剧是将人生有价值的东西毁灭给人看”，但这也赋予了剧作更有反思意味的力量。我们也可将其看作一种胜利，是一种理想与价值的胜利。

《乱世才女》没有直接展现激烈的你死我活的血腥争斗和强烈的善恶是非冲突，更多的是情感与理想在乱世中的困惑与逆顺。在故事的情节走向与戏剧结构方面，男女主人公的戏份如何，男女主人公的行动线、心理特征、价值追求是什么，在哪些场景中得到表现，其他几位主要角色的相关之处是什么，如何与主人公交流，戏的矛盾纠葛点在哪里，这些基本脉络和走向，导演必须弄清楚。排练时我特别强调应凸显“戏眼”，所谓有戏无戏，皆源于“戏眼”的营造。“戏眼”就是戏的亮点，营造不出“戏眼”，一出戏就不“透气”。“戏眼”要求表演中有人物情感的深度。观众有时候看戏觉得无色彩与亮点，缺乏吸引力，也就是缺乏“戏眼”。

二、谈谈戏剧结构

如何通过人物的言、行，塑造出不同凡响的、跌宕有致、细致入微的舞台形象，除了文本所赋予的内容外，二度创作在节奏的把握上、场面的营造上、动作调度设计上都必须拓展深层次的创作空间。戏曲的舞台表达既重结果，更重过程。全剧整个表演过程是建立在抑扬顿挫的唱腔旋律基础之上的，表演的目的也不完全是在展示故事内容，更多的是展示角色在这样的情景中的情感和心绪，呈现的是一种情绪与心绪构成的意境。观众在观看的时候既非完全去听唱，也不一定在专注地看戏，而在于用神思连接起这两种状态，共同品味舞台呈现出的细腻效果。这种载歌载舞，不涉及太多由人物性格建构的冲突，正是戏曲之精髓。

在这里有两个概念，一个是"情节高潮"，一个是"情绪高潮"。在一场戏中，戏剧情节和戏剧情绪是两个不同的概念。情节里的人物性格冲突代表着浅层的戏剧冲突，而人物的感受与情绪则属于深层的戏剧情绪。"情节高潮"与"情绪高潮"有时可以合二为一。《乱世才女》的诸多段落应属于"情绪"为主的戏码。因为从戏剧冲突的角度看，这些戏中文本提供的内容不构成"性格与意志"的冲撞，因而缺少常规的戏剧性冲突。我们可以说这场戏的冲突表现为"情感的交融与互动"，即两个个体的情感，各为其表，互相传递。剧作中夏淑吉与陆元辅的情感戏贯穿始终，在故事设置的大时代背景中，二人之间并未有实质冲突，因此在处理二人的戏份时，更应该注意如何综合运用表演与舞台元素来形成"情绪高潮"。

当然，古典戏剧作品中也存在着情节冲突。情节在古典戏曲中也称"结构""关目"。李渔就是一位特别讲究戏剧结构的大师，其戏曲理论鲜明地提出了"结构第一"。李渔的结构论包括了"立主脑""密针线""减头绪"等等。全剧中"情节高潮"的戏曲重点表现在夏淑吉收尸、无奈出家和"患难真情"中完淳辞别亲人赴前线这两场戏中。最后一场"此心悠悠"应是这两种高潮的合并，表达了情绪和情节共同营造的戏剧高潮。如何在故事的情境中，体现出"情绪与情节"的分布与侧重是排练本剧的要点。要分析和营造戏剧的重点，区分重点与非重点场次；层层推进节奏，把整体节奏和每一场的铺陈弄清楚；要有量化表，形成一个舞台行动节奏示意图，让演员们非常清楚地看到戏剧的走向和力量的分配。

三、段落分析与处理

起承转合不仅是文体的章法结构，更是一种思维方式。起承转合对应的是一切事物发生、发展、转折、收结并循环往复的客观规律。

第一场:"才女灼见"。起

第一场戏作为全戏开端,在全戏结构中主要起到一个交代作用,交代时间、环境、背景、人物等,无须太多冗杂纷繁的故事情节。从内容和情节来看,此场戏没有大起大落的情节,更多的是一种交代。由于故事发生的时间环境是在明末清初的九里亭夏家,虽逢乱世,但是此时夏家尚属大家族。我认为第一场戏中可设置一个比较热闹的场面,从编剧学上说,开场便使戏热闹起来,也符合观众的一般观赏习惯。此外,亦可和后面情节发展的结果形成一种落差,以对比的形式来强化凄凉感。此场戏主要有三种情景或结构与情绪:一是交代主要人物身份和相互关系,二是介绍故事发生的环境与起因,三是交代故事核心内容的第一个情节链。此戏情节推进应从"诗稿作引"到"为父谋策",再到"劝弟成婚"。

第二场:"乱世知己"。承

这一场戏应该是情绪高潮与情节高潮并重，既是前场戏中陆元辅与夏淑吉人物关系的发展,又是陆元辅首次吐露真情却被婉拒,更为后面二人情感发展埋下了伏笔。尽管第二场戏的情节内容没有第一场的多,但侧重于人物情感的变化,因而显得更加细腻和缠绵。

在第二场戏中,各个人物的性格特色都开始变得鲜活起来,夏淑吉作为真实的历史人物,从历史角度来看,自她被许配给侯玄洵之日起,她的不幸就已经注定。据史可见,她的人生以此为限,形成了两个完全不同的世界。正因为她自己嫁到侯家仅一年时间,丈夫便去世了,她更应了解一个女人独守空房的凄冷寂寥,那为何还要让秦篆重踏自己之路呢？其实,夏淑吉作为一名可与蔡文姬齐名的才女,她自身的女性觉醒意识应当是更加强烈的，应当是敢于冲破传统的思想，可是在该场戏中,她给观众所带来的形象并不是作为独立的女性人物而存在的。

在第二场结尾部分有较为明显的情节冲突，父亲投河自杀，慑于清廷淫威，亲人无法为父收尸。为父收尸受到清廷阻碍，人物采取的行动便是出家以为父收尸，这就构成了完整的矛盾冲突，并且此处冲突直接改变了接下来的情节走向。因此此处应该作为一个重点来处理，力求感人的同时，更应立体突显夏淑吉的人物形象。

第三场："患难真情"。转

三场戏中有三个事件：一是完淳辞别淑吉赴前线，二是元辅与淑吉情感曲折发展，三是淑吉托子与完淳被害。第一个事件可谓完淳人物形象在戏中的重要体现，体现出男子汉的铮铮气概，他在被害前还牵挂着外甥，体现了他的柔情。但是此处我认为稍稍不足，既然夏完淳已经成婚，可能夫妻二人并无很深情感，但此时是否可以设置一段夫妻二人情感戏，来展现完淳在离开之前，表现出对妻子的愧疚？第二个事件中，元辅与淑吉的情感进一步发展，虽未能成眷属，元辅也表示理解，此段中要将淑吉的爱情之难表现得很深刻，同时，元辅的痴情以及善解人意也在无形中得到深化。第三个事件借淑吉托子来深化主题，只要还有种子，民族就有希望，民族的文化、民族的传统需要有人来继承。

第四场："此心悠悠"。合

第四场主要表现淑吉和元辅二人的情感结局，但并未囿于中国传统审美的大团圆式结局。此戏的设置以"有情人未能成眷属"来结局，可以说是很有力量的。首先，让观众在情感体验上达到意犹未尽之感；其次，这样的情节发展也是与人物形象相吻合的，这样看下来人物是一以贯之的；再次，悲剧性的结尾更能引人深思，二人爱情的悲剧，是时代造成的，是历史的必然，也恰恰说明，覆巢之下，岂有完卵？这样的结局将人物命运与时代命运相结合，颇有画龙点睛之韵味。全戏悲剧性的结局是一种比较强烈的设置，令观众进行沉浸式反思，同时，悲剧的结局也更能强化该

戏的主题——国不强则战祸生，因此，我们要珍爱和平。

四、存惑之处

剧本主要展现在国破家亡的背景下，夏淑吉的爱情难系，诗心难展，生活难继。三个“难”的设置确实是全剧的一大亮点，但仔细分析，在剧本中这三处“难”并没有较为完整地展现。纵观全戏，主要以淑吉与元辅的爱情为主线来展开。虽然也将这种情感的发展与结果放在了乱世动荡的时代背景下，但是生活难继尤其是诗心难展方面，仍然未能很好地体现在剧中，显得全剧感情戏显得过多，而对“才”展现得不充分，或者太被动。

剧中夏完淳的人物形象可以更加立体化、生活化。在他被害前，是否可以增添一段他与妻子生离死别的感情戏份？另外，夏淑吉的形象在“主动主人公”和“被动主人公”之间界限不清，主动的点在于主动提出另谋住处、出家为父收尸，以及最后的部分拒绝陆元辅，提出长久安身之策等。但是面对命运，她又是被动接受的，没有主动反抗，她的觉醒意识——保留住希望，传承民族的根，也是依赖他人来完成的，从女性主义的角度来说，她具有依赖性。试想，如果没有元辅的话，她的目标该如何完成呢？

总体而言，《乱世才女》以艺术化手法还原历史人物，同时紧紧抓住时代命题，回应时代呼唤，以史鉴今。虽为古装戏，却饱含时代感，实现了艺术的娱乐功能的同时，也发挥了艺术的教育与认知的社会功能。

五、舞美设计的意向化

对全剧舞美设计的思考，我与舞美设计张钰玲多次商议。我们想使这出戏在保持黄梅戏传统的艺术风格前提下，在视觉上呈现出一幅有现代意识的画面。因此，我们打破传统戏曲舞台普通常规的空间调度，随意进行空间组合，空间的布局与运

乱世才女

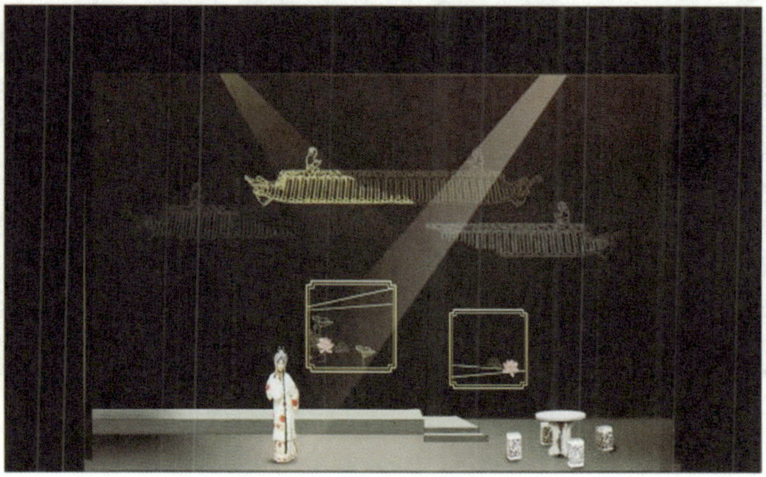

用要有铺排，灵动、不堆砌。前区、后区、空中做合理的空间区位区分。另外，建议在舞美设计中展示明末清初和乱世中将门的荣光等风貌特征，让观众在看古装戏的时候能感受到现代文明和工业化带来的视觉冲击。

黄梅戏《乱世才女》十分注重舞美设计的写意性、装饰性和点缀性。全剧不用传统大幕，取而代之的是一把红椅、一幅卷轴。舞台上放置的红椅与卷轴中书写的“乱世才女”四个大字形成鲜明的对比。红椅即是中国传统戏曲砌末中最重要的表现形式，此刻定点光投影下的红椅又隐喻着大明江山的龙椅，同时配以内敛含蓄又充满张力的古琴曲《秋风词》，音乐的古典意境与舞美的古朴意味十分贴合，相得益彰。观众走进剧场未观剧前，就被带入设定情境之中。

再如，第二场中要注意舞台后区破碎屋顶的设置，屋顶此时是国家山河破碎状况的象征，舞台前去吊景——窗框，通过内部纵横相交的线条来指代水面，这实则也是打破人物心理水平的暗示，有钱秦篆的担忧，有夏淑吉面对爱情与国家存亡的百感交集。窗棂中用荷花元素贯穿，这既是对女主人公节操的暗示，也跟后几场戏的佛缘有一个衔接。

《乱世才女》的舞美设计严格遵循戏曲美学原则，注重舞台的写意流动，突出戏曲的舞台假定性和时空的自由转换。我们设计出了能够暗示全剧的总体形象，并且设置了具有象征性寓意的关键性道具——红椅、卷轴、牌匾、荷花、拱门等。在这个戏里，我想提倡的是通过舞台上部分小道具的点缀与变化，表现出时代的特点。这样不仅便于换景，也有利于表演中多个支点的活用，强调舞台的流动性和空灵性。

在《乱世才女》的排练过程中，我深深发现戏曲必须回归本体。戏曲艺术是中华民族的艺术瑰宝，戏曲艺术要运用音乐化的对话和舞蹈化的动作去表现现实生活。

导演排戏时一定要把人物形象的塑造摆在最为重要的位置。我把演员对角色的塑造和表演技巧的完善作为这出戏能否成功的关键。因此,我告诉演员们要积极、大胆地展开创造性想象,针对人物的容貌、身材、仪表、风度和言谈举止、穿着打扮等外在形态,以及身份、地位、阅历等社会面目,包括人物的气质、脾性等心理特征,做出角色的构想与设计,可以撰写角色小传,这样有利于弄清楚和把握好角色生活历程的来龙去脉,以及人物性格的形成、变化和发展。创造角色时,注重对人物精神状态、内心生活、情感世界乃至潜在意识与心境进行深层次开掘,力求使人物形象丰满、深化起来,在此基础上,建立起人物的思想线与感情线,随同人物的行动线,在创造角色时融为一体、有机运行。

戏曲导演创作的形式与观念

——《蔡仲贤》导演创作

第九届中国(安庆)黄梅戏艺术节在建党百年的时间节点上精彩落幕，众多展演剧目争奇斗艳，由望江县黄梅戏艺术传播有限公司出品的原创黄梅戏《蔡仲贤》让人眼前一亮。这是一部为黄梅戏鼻祖蔡仲贤树碑立传的作品。剧作家陆洪非所写《黄梅戏源流》中提到：望江蔡仲贤是安徽最早的黄梅戏艺人，截至目前，在所搜集的有关黄梅戏源流的材料中，尚未发现早于蔡仲贤的艺人。蔡仲贤作为黄梅戏的开创者，在黄梅戏的发展历史上留下了浓墨重彩的一笔。本届艺术节以主旋律作品为主，《蔡仲贤》是唯一的古装戏，有学者提道：在一片红色题材的海洋中，此剧像泛起的一朵蓝色浪花，尤为引人注目。导演黄梅戏《蔡仲贤》，以戏剧为载体为黄梅戏艺术溯源，是我作为一名黄梅戏艺术从业者的责任与使命。

一、戏曲本体之传神写意

作为戏曲导演，必须重视从戏曲本体出发进行创作，在描景抒情中展示人文精神，并且通过写意性的场面创造意象。

首先，现代戏曲创作以文学为基底，而文学也是人学，好的戏曲作品在任何时候都要以人为对象，关注人、研究人，然后从对个体的关注转而去思考更宏大的社会人生。戏曲作品立在舞台，也就是要向观众传达这些人学精神。导演作为一部作品的统领者，最终的目的就是通过演出形象从精神层面与观众交融沟通，共同探究人性的本质与意义。

全剧讲述了最早的黄梅戏艺人蔡仲贤跌宕起伏的一生。他早年家境贫寒，随父唱徽调卖艺糊口，又因族规不容，被逐出族门。心存理想的他辗转寻求出路，历尽艰辛，终于创造了百姓喜闻乐见的黄梅调，一唱成名。最后，他创立“长春班”，广收徒弟，虚心传艺，被后人誉为黄梅戏鼻祖。通过蔡仲贤的人生遭遇，我们能看到在那个特殊的历史年代里，无数戏曲艺人在困境中不断寻觅，为中华戏曲的发展壮大做出了不可磨灭的贡献，这绝对是一个破茧成蝶的过程。因此，创作《蔡仲贤》的过程实际上是在找寻与追溯过往梨园艺人创业精神的过程。

创作之初，我对作品的文本做了深层次的研究。通过挖掘人物形象与人物内在丰富的精神生活，以及多角度地观照角色的复杂多变性，来探索人性的良知善恶，彰显社会道德准则。在创作过程中，我自觉地就正确的意识形态、价值观念、审美取向、社会准则等问题与编剧进行深入沟通，力求在二度创作上有一个跨越式提升，同时避免与编剧产生过大的分歧。

其次，努力创作作品的艺术意象。全剧充分运用戏曲表演的各种元素，将东方戏曲美学观念与舞台艺术的假定性观念融为一体，将戏曲景随身变、移步换景的艺术处理，恰如其分地表现出来。

最后，在把握戏曲本体艺术特色的同时也关注剧种间的个性差异。如何彰显地方戏曲剧种特色是戏曲导演当下必须要认真对待的命题。每一个剧种都有自己独特的艺术表现形式。导演如果不深入了解地域文化和剧种特色，贸然创作自己不熟悉或者不能驾驭的剧种，自然创作不出精品。因此，导演在接每一个本子前都要慎重，要做足功课。如何坚守各剧种的艺术特色，彰显地方戏曲的地域文化，创造新的戏曲表现形式是导演应关注的问题。

二、导演理念赋予剧作独特的个性色彩

在导演《蔡仲贤》的过程中，我从意识层面进行了精细的思考，努力用一切艺术手段赋予剧作独特的个性色彩。如该剧第四场中有一个段落：男女主人公情缘被割断，又无奈身处异乡，只能隔空诉说心声。为了提升剧目的艺术性与观赏性，展现二人跨时空相见时的情感张力，我将情感语汇直观地呈现在观众面前，刻意增强舞台画面的纵深感与冲击力，让男女主人公在同一个平面中完成舞台调度——找寻。这个戏剧动作的贯穿，推动了剧情发展、烘托了舞台气氛、彰显出人物性格、增加了剧作的情感分量。

当蔡仲贤受到的情感冲击达到高潮之时，导演必须给他设计强有力的舞台行动。我的处理是让蔡仲贤用最快的速度冲向舞台台口，并做出最强烈的手势和面部动作，同时以定点强光来提亮整个人物形象，类似电影中的特写镜头处理，舞台其余部分暗场。这种处理方式实际上是把主人公内心的潜意识活动直观地外化在舞台上。

在伴唱“一番话如刀扎心肝肠寸断，霎时间一场好梦化为灰烟”的情感表达中，我设计了这样的场景：在强有力的音乐时间节点上，舞台的正中心吊一个直径大约

80厘米的大红灯笼，舞台上用切割灯做出一个方形的空间，女主人公郝梅英着红装坐在凳子上。此时此刻，下吊的红灯笼寓意着喜庆，黑色的灯笼骨架意味着约束（红皮黑骨），切割出来的方形似一处牢笼，将梅英死死囚禁在该处。灯笼虽为大红色，象征着喜庆，此时此刻却颇具悲剧色彩，方正图形又恰似一处婚房的空间表达。在表演上，蔡仲贤始终围绕着这一方正图形行进，郝梅英则一直处在灯光设定的婚房之中。一个拼命地找寻与呐喊，一个苦苦无奈地等待；一动一静，相得益彰；一张一弛，互为补充。蔡仲贤与郝梅英始终不在一个水平线上，他们的眼神处理、他们的形体造型、他们的情感碰撞都让观众感觉到一种强烈的伤痛感，带有极大的情感张力。我试图将一种意念化的情感处理方式做到极致，制造出视觉与听觉的双轨冲击力。

全剧开场时，我安排了一场梨园祭拜仪式，目的是让观众感受到一种庄重的仪式感。剧的结尾，我想与开场形成呼应，这就要求我对全剧的尾声处理也要费一番功夫。起初，我运用一段诉说蔡仲贤生平的语句加上古朴委婉的古琴旋律的方式，让多个人物以定点式画面铺排，最后，通过主要角色的转身来达到收尾的效果。这种导演的处理不会错，舞台上也很干净，但呈现出来之后似乎缺少一种情怀，戏的升华还缺一些火候。

我不禁问自己，难道全剧仅仅是要塑造蔡仲贤这一历史人物的光辉形象吗？只是一部简单的传记式的艺术作品吗？冥思苦想中，我感悟到，今天的戏曲导演应该站在时代精神的立场上，用哲学的眼光审视生活和剧本之间的差异以及共同点，找出符合当下时代的精神内涵。全剧应该表现的是一种大情怀，是对黄梅戏艺术的传承，更是对中华博大精深的戏曲文化的传承。我继而想到，蔡仲贤把徽调的精华融进采茶小调，继而创立了黄梅调。他收胡普伢为徒是一种艺术传承，可他自己呢？是谁传承给他的？结尾应该表达一种传承的意境。

在和舞美设计沟通后，我要求增加一个木质结构的镜框，增加了父子间的上场互拜行为。当父子两人最后从不同的方向走进舞台上的画框，画框此时就似一幅发黄的旧照片，父子俩是一种人物的定格、一种时代的定格，是黄梅戏剧种开始的一种定格。父子间的互拜实际上是父子对彼此的认可。戏台上，蔡仲贤父子俩走进画框，这是时代的终止，走进画框则代表了事物的未来走向。这个导演语汇暗示着戏剧文化的新旧交替与融合！父子俩同时鞠躬、手牵手面对观众微笑的时刻也颇具意味，儿子看到父亲笑意味着蔡仲贤知道父亲理解了自己，懂得了自己在戏曲创新道路上遭遇的挫折与困境；父亲看到儿子的笑则是因为看到了儿子的成绩，看到了黄梅戏的成长，他认可儿子这种大胆的戏剧创新改革。这样，戏就不是简单地介绍蔡仲贤的生平，不是对人物进行说明书式的解读。改变导演处理方式，用父子行动的推进使得观众不仅可以看字、听字，而且可以看到戏剧画面，继而直观地感受到这就是艺术的传承，而任何艺术的传承最终都需要创新。

三、导演创作的责任良心

导演是一部剧作思想的揭示者，是舞台演出艺术的综合创造者，更是一个创作团队的领军者。导演的综合素养和人格魅力是一部作品能否有长久生命力的关键因素。导演要有职业操守，要有责任心、良心，要对一个剧团、一个剧种乃至一种文化负责。

在如今的创作环境中，做一部戏是十分“烧钱”的，许多剧目的“大制作”动辄要上百万甚至上千万元，不过这种大制作多见于国家和省级院团，地方基层院团能有数十万元的创作经费已不易。基层院团受基本条件的制约，演员们的基本功、综合素养不够扎实，但他们都有一颗热忱学习的心，尤其是面对新剧目，他们都有一种创作的原始动力，非常珍惜每一次创作机会，在我心中他们是可爱的。当看到演员们求知的眼神时，我就下定决心必须为他们排出好戏，排出可以经得起市场和时代考验的戏。

首先，戏曲导演应有启发和培养演员的能力。杨小青导演是我国优秀的戏曲导演。杨老师曾衷心向我寄语：创排戏曲不懂得戏曲程式思维是绝对不行的。我们可以按照戏剧的哲理思想给演员分析，帮助他们理解角色、找寻人物形象的种子，提升演员对整个戏的认知。但前提是不能忽视戏曲的抒情性，对戏曲程式思维的表达、戏曲独特的表现样式，都应纳入导演的思考之中。院团请导演去排戏不是去故弄玄虚，也不是去讲一大堆空泛的专业理论，把演员弄得晕头转向，而是根据演员的实际情况量体裁衣，适当运用西方现代的训练方法来提升演员的情感感受力，增强内心的体验。但戏曲导演更要从技法上提升演员的表演能力，尤其是对传统戏曲“四功五法”的灵活运用、对戏曲程式在刻画角色时，精细地捕捉外在形态。一个优秀的导演必须会以程式思维启发演员，同时为剧团锻炼和提升演员的能力。

其次，立足院团实际，不违背戏曲本体，倡导“绿色戏剧”。中国戏曲“以歌舞演故事”的本质要求戏曲舞台的空灵与写意。在戏剧发展的大环境下，观众对视觉欣赏有了更多新要求，传统戏曲舞台也在不断进行革新。多媒体投影技术广泛运用，切割画面、打造空间、生成影像，在不违背戏曲本体的原则下确实产生了不俗的艺术效果。而在基层剧团，LED屏幕正在戏曲舞台上悄然运行。实事求是地说，戏曲不是综艺晚会，LED屏幕尽管解决了舞美换景便捷性等问题，降低了许多舞美制作的成本，但在场与场之间换景时破坏了灯光的写意化运用，并且对观众的欣赏效果产生了影响，更破坏了戏曲本体的美感。因此，最初我对此是持反对意见的。

不过，在与许多基层团长的沟通中，我懂得了他们的困难。新创剧目不似传统

蔡仲贤

剧目的布景可以共用,新创剧目的置景几乎是一戏一用,每当艺术节、戏剧节展演结束,有些戏的大制作舞美就走进了仓库,需要租借大的仓库保管不说,时间久了,这些道具大多腐坏。看到花了不少经费制作的景片日益损坏,他们既心疼又无奈。在这种情况下,导演就要进行综合考虑。长久以来,我总结出"把握物质、创造样式"的创作理念,在有限的条件下、不违背戏曲本体的原则下,尽力创造出最别致、最新颖、最节约、最低碳、最环保的"五最"戏曲,提倡做低碳环保的"绿色戏剧"。所以我的作品不再排斥LED屏幕的使用,而是逐步探索LED屏幕如何更好地融入意象空间。《蔡仲贤》一剧就如何合理有效、科学严谨地设计和使用LED屏幕,找到舞台实景与LED最有力的衔接的问题,主创团队花费了许多精力,最终呈现出来的样式没有显得割裂,也获得了观众的认可。因此,导演必须深刻理解戏曲艺术的包容性,要拥有对院团的责任心,在有限的条件下努力探索艺术创作的无限空间。

戏曲导演在创作中要始终保持对传统文化的敬畏,同时不断增加舞台艺术的积累。在与时俱进、立足现代的过程中不能吃老本,不能抱残守缺,要对传统艺术重新进行组合,让戏曲既传统又现代。导演《蔡仲贤》不仅让我记住了蔡仲贤这个具有重要意义的民间艺人,也促使我不断思考如何把握剧种的根本特性、把握戏曲的艺术规律与表现形式,坚持正确的价值导向,弘扬真善美,鞭挞假丑恶。我希望《蔡仲贤》这部黄梅戏在今后的演出中,不断打磨、提升,真正成为观众心目中的好戏。

四、创作后的思考

导演是剧作思想的深度揭示者,是演员的一面镜子,更是舞台演出艺术的创造者。面对当下层出不穷的主旋律作品,作为当代戏曲导演工作者,如何"守正创新"和开掘出戏曲艺术的美学价值,如何在创作过程中做到导演意识的表达与探究,如何将传统戏曲进行"科艺融合"的数字化探索,如何创造出紧跟时代脉搏、走在时代前列、具有历史永恒性的戏曲舞台艺术精品，是我们的使命与担当。

1.守正创新下戏曲导演意识的拓展。纵观当下的戏曲创作，大量作品呈现一种"扁平化"趋势，其中，文本、人物、舞台样式等充斥大量的效仿和粗制滥造，舞台不再出精品工程，反而成为模板化、概念化的聚集地，究其根源，是戏曲传统根基的松动、戏曲导演意识的退化和"创新力"的缺乏。因此，导演在戏曲创作中要认识到现代意识的重要性和必要性，要让导演意识与传统经典思维进行碰撞，要能够创作出与当代观众产生共鸣的作品。

意识是人的头脑对客观物质世界的主观反映，是感觉、思维等各种心理过程的综合体现。戏曲导演在艺术创作过程中，要将自己独特的创作意识赋予一定的戏剧样式并予以呈现。对身处当代语境下的戏曲导演而言，"守正"是"创新"的前提和基础，唯有打好基础，方能开拓创新。中国戏曲自身有着一套严苛、完整的体系，这是千百年来在自身发展中不断创造和总结出来的，经受了观众的审美考验。迈入新时代，中国戏曲也在寻求一种能够反映当下新生活新样貌的舞台形态。因此，戏曲不仅要做到形式上的守正，也要做到理念上的守正，唯有守住戏曲的根，符合东方审美心理，方能创造新的戏曲舞台样式。同样，"创新"也是"守正"的愿景和目标，戏曲导演要对作品主题思想的当代性、现代性、先锋性进行深入表达。中国戏曲自身空灵写意的美学特性，为戏曲导演自由驰骋天地的创作提供了创新的契机。

从文本的平面到舞台的立体，导演在整个创作过程中思想高度要不断提升。传统戏曲是封建时代的产物，旨在满足封建社会"高台教化"的道德标准要求，讲述明礼诚信、精忠爱国、勤俭廉正等题材的故事。时代在发展，但一些传统戏曲文本中存在的落后思想，甚至不健康、糟粕的内容依然有所显现。所以导演必须用心揣摩、领悟,以现代导演意识来创作文艺精品,注重价值观念传播的时效性与准确性,以及产生的社会影响。当代戏曲剧场里越来越缺少年轻观众,一个很主要的原因是传统戏曲中的内容与形式不符合年轻观众的生活与审美习惯, 在观念上就产生了很大冲突。戏剧不是化石,不是古董,不能一成不变地维持它曾经的样貌。戏剧是人民创造的,是为人民服务的,它应该永远投入火热的社会生活中去,应该永远成为与人民大众息息相关的精神伴侣。因此,如何使古老精美的戏曲艺术与现代人的审美情趣和思想观念有机结合,如何将传统戏曲的古典神韵与现代剧场的思维、技术有机结合,这是戏曲能否真正步入现代,能否发扬光大的关键问题。

2.诗化风格美学意境的深度把握。中国是诗歌大国,戏剧是诗化的艺术。充满写意性的中国戏曲是"诗化"的体现,是在舞台上尽情传达"诗意"的传统艺术。以"诗化"的导演美学要求去创造戏曲作品,这是作为戏曲导演的最终追求。

导演在风格上对"诗化"美学的追求,是一部作品成功与否的关键。导演是整个艺术创作中的领导者与组织者,本人的风格在创作中将起到主导和决定性作用。在对戏曲本质的深度把控、戏曲美学意境的掌握、戏曲表现形式的拿捏上,更要具备深厚的功力。戏曲导演用现代导演意识的宏观思维来布局全盘,在保证戏曲美学原则、把握戏曲本体的前提下,要牢牢抓住戏曲的地域性风格特色,吸收新时期一系列舞台科技手段,来提升戏曲品质、拓展戏曲表现手法、彰显戏曲艺术。作为一部戏曲作品创作中的总舵手,导演要运筹帷幄、统观全局,对传统戏曲要有整体的把握,对每一个地方进行细节化的处理设计。既要考虑全剧整体风格的表达,又要协调好各个场次间的关系,要满足观众的审美及心理需求,用人性深处最真挚的情感解决矛盾,提升全剧主题,升华人物形象。

导演的眼光应是创造性的眼光，导演的意识决定着一部艺术作品水平的高低。导演要大胆地运用丰富的想象，以卓越精巧的艺术表现手法进行艺术创作。“假定性”是所有艺术的本质属性，更是戏曲艺术的“根”。中国画论中所谓“外师造化，中得心源”“象外之象”“物外之形”“不似之似”等，说的就是这个道理。戏剧艺术中的“假定性”是一种冲破生活表层，揭露内在真实的本质属性。作为一名导演，能否在舞台上熟练运用“假定性”的手段，以有限的舞台空间创造无限的世界，正是一出戏的魅力所在，是让一出戏永葆舞台活力，经久不衰，永远存活于观众心中的关键。中国古典戏曲对“假定性”的运用堪称极致，唱念做打的程式化动作，景随身变的虚拟化表演，无一不是“假定性”的彰显。

作为新时期的戏曲导演，应从古典艺术中汲取“假定性”的精华，融入当下的创作。对于传统戏曲的创作，既要富有戏曲艺术古典美学的意味，又要具有浓厚的时代艺术气息，具有强有力的视听觉冲击力。导演手法上要大开大阖，使得演出具有震撼力和感染力。新时代的戏曲导演创作要具有洞察底蕴的眼光，戏曲艺术创作中必须具备“剧诗性思维、意向性思维、程式性思维”，继承古典美学“立象尽意、观物取像”的创作原则。虽然导演在舞台象征中呈现的思索对观众来说，不是“我说你听”式的灌输，而是“我这样想，你怎么看”的交流，但是导演在戏剧中呈现出来的思索水平或者说哲思的深度，将会直接影响舞台的艺术水平。

3.“科艺融合”的导演创作新路径。传统戏曲一桌二椅的简洁舞台表达方式尽管空灵写意，遵循了戏曲的本体，但与当下戏曲创作相比，传统戏曲形式的艺术审美标准还存在一定的局限性。导演在展现与表达一定的思想情感与思维状态的时候，要全方位地提升戏曲品位，深层挖掘新的内涵，找到既能符合当下观众的审美情绪，又能全方位提升观众综合欣赏水平的途径。

随着时代的变化与技术的发展,以光鲜绚丽的多媒体技术为手段的舞台形式,已深入现代人的思想、观念和认知当中。要让传统戏曲在当代艺术中打破自己的瓶颈,戏曲导演要打破常规创作意识,既注重继承传统戏曲的神韵,又要在布满光影效果的多媒体技术中发挥它的优势,进行巧妙的嫁接与融合。要运用多媒体技术的思维布局,打破传统戏曲中具象思维的认知,使整个舞台灵动、鲜活起来。导演要在赋予当代剧场诗情画意与哲理情思的同时,抓住戏曲艺术的本质,呈现自由的舞台时空观,创造多种视觉隐喻,构建新的舞台艺术观念。当下观众的认知水平很高,观剧过程实则是一起创作与思考的过程。

在戏剧发展的大环境下,观众对视觉欣赏提出了新要求,导演对传统戏曲舞台艺术作品综合能力要从多方面角度来进行提升,必须对作品综合实力展现有一个整体的认知,真正抓住戏曲艺术的根与魂。导演艺术的独创性不仅在于导演从人文思想、哲学理念、思维布局等角度对艺术作品理解上的独特性,更在于导演意识是否具有前瞻性、是否注重作品形式上的独特样式性、是否能找到通达艺术作品人物灵魂深处的哲思。如何创作出令人眼前一亮的作品、如何在众多主旋律题材中脱颖而出,成为导演的一门功课。导演的创作变得愈加困难,而解决难题更多的灵感来源于原创力的挖掘与激发。是否具有原创能力是衡量一个导演能否持续性创作的重要尺度,创作不是模式化的照搬照抄,而要勇于激发想象、推陈出新,舞台各部门的创作都是围绕导演的构思进行的。如果没有足够多的资金支持演出制作大型舞台布景、灯光,那么回归"质朴戏剧"本体,重返"空的空间"俨然成为戏剧创作的一条新路径。戏曲"以歌舞演故事"的本体美学特征,应当得到充分的吸收与放大,但这种放大不是对旧有戏曲舞台的复刻,而是在与科技结合的模式中寻求美学上的借鉴与创新。无论是"空"的舞台,还是"科艺融合"的舞台,导演的原创能力都面临新的考验。要在全新创造的当代剧场中营造新的力量,搭建直击人物心理的动作空间,要在每一部作品中表现一个个丰满的人物个性,塑造出鲜活生动的典型人物形象。要学会探索“科艺融合”的新路径,创造奇观。科技因艺术而绚烂,艺术因科技而精湛,要用科技手段为艺术创造当代形式,为艺术创造视觉新观念。

一部成功艺术作品的导演水平的展现,不仅表现在其个人深厚的艺术造诣上,也表现在其善于激发创作团队中每一个主创人员的创作激情和丰富的想象力上。导演在传统戏曲创作中要重视舞美的整体风格样式和灯光的意境营造对整个作品风格的作用与影响,要赋予舞美、灯光独特的气质和美学意蕴,成为营造意境、渲染情绪、烘托气氛的有力手段,形成将戏曲的传统美学精神和现代舞美样式有机结合的创作思路。不是生搬硬拽而是融会贯通,不是两者相悖而是锦上添花。如今我们已经大步迈入“数字化”时代,“数字化”与艺术的融合构建出新的未来艺术样式的蓝图。“数字化”舞美设计为戏剧尤其是戏曲带来震撼的视觉效果和全新的审美体验,也为导演构思提供了无限可能,戏曲中的美学意境通过数字技术的加持,油然营造于舞台之上。越来越多的创作者尝试与“数字化”科技结合,孵化出全新的作品,在演出中加入全息投影技术,真实演员与虚拟角色共存于舞台之上,演出成为一次大胆的想象。

数字化技术创造超凡的世界,是指它创造出具有强烈的视觉效果、能产生审美震撼的艺术世界。它超越经验、超越常规,而传统的技术手段无法完成这样的创造。因为数字化技术所构成的整体设计关系，必须借助复杂的数字运算才能够关联为一个整体。正是这种复杂的数字运算,才能使这些超凡的、超常规的艺术要素关联在一起,最终完成整体的表现。数字化技术所提供的整体设计的解决方案,必定带有鲜明的时代特征,具有先锋的、实验的性质。新的时代需要新的技术来展现,新的思想需要新的语言来描述。而数字化技术不仅是新技术，还是新思想，因此，它所创造出的艺术形式总能超出想象，造成心灵的震撼。

4.导演意识的当代表达。“戏曲，从古老的驱傩仪式到勾栏瓦肆的表演，再到现代剧场式的演出，不仅形成了一整套相对稳定的形式符号系统，而且有着传播和表达的媒介材料的差异，从而体现出不同的传播媒介和载体中的戏曲的形态风貌和审美文化的定性。”随着戏曲传播媒介与传播途径的巨大改变，新媒体技术的逐渐成熟和普及运用，巧妙科学地利用新媒体技术来传播和发展传统戏曲艺术，戏曲导演创作意识的当代表达也需要进行深度转换。

随着现代人生活节奏的提速，人们能够在方寸之间欣赏到足够的戏剧信息、了解到当下最新的戏曲动态、欣赏到最具前沿的戏曲剧目已是常事。网络时代戏曲传播媒介与途径的多角度辐射，抖音等一批现代传播媒介平台的应用，对戏曲传播力度的推广，对戏曲普及化、大众化的延伸具有一定的力度。戏曲导演要开拓创作思维，紧紧抓住网络传播时代的新契机。有戏安徽平台就是传统戏曲艺术和现代化网络传播技术的一个完美的结合，对戏曲的传承和发展在全国具有引领作用。河南的戏缘App也是利用互联网优势将戏曲与网络进行有机的结合，使戏曲文化更好地发展、传承和传播。戏曲直播模式、资讯服务等提供了看戏、学戏、听戏、唱戏与名家互动的一条龙服务。

2020年，突如其来的新冠疫情对戏曲创作、生产造成了前所未有的冲击，戏曲的演出市场遇到了前所未有的压力与挑战，危难当头，“线上戏剧”模式成为一条重要的突破之路。面对疫情带来的挑战，全国各大院团积极投入线上演出的创作当中，“线上会议室”成了重要的排练场所。尽管“线上戏剧”无法令观众体验到剧场的“当下性”，并且观演关系受到巨大的制约，但这无疑是一条值得尝试的路径。通过网络直播平台进行线上演出令戏剧的传播效力大大提高，越来越多的年轻观众只需在手机等设备上观看直播，足不出户即可感受戏剧的魅力，与此同时，戏曲也收获了一批年轻的粉丝，戏曲与现代媒介的融合变得更加紧密。这是一场伟大的戏剧革命，更是戏剧于时代发展洪流中的必经之路。

近年来，随着虚拟现实技术日渐成熟，越来越多的戏曲院团开始尝试以这种技术进行演出和线上传播。这种新技术在戏曲中的新尝试。观众通过头戴虚拟现实技术显示设备，能够以一种亲临现场的体验观看整场演出，这样的演出方式打破了以往剧场中的“在场性”，戏剧的边界得到了延展。而这样一种虚拟现实的体验更是受到了年轻人的热捧。越来越多的年轻人喜欢上了通过虚拟现实技术设备观看戏曲演出，中国戏曲利用现代数字化媒介得到了广泛传播。这些成功经验的背后无不体现了导演意识在当代戏曲创作中的深度表达与把握。“戏剧是传播思想的媒介，导演是舞台思想和艺术的传播者，导演必须对社会负有使命感，所以在选择剧目、寻求艺术表现手法时都不能忽略社会责任感，不能忽视作品的精神主旨和所处时代的关系。这关系到艺术表达的当代意义和价值。”

传统戏曲有其自身独特的艺术魅力，如何在新时期的艺术创作中继续开掘出她的生命力，发挥她独有的艺术特色是我们必须思考的问题。古典并非不时尚，我们不奢求戏曲今时今日成为大众艺术，但中国人的审美情趣、价值观念、文化习俗依旧让戏曲拥有自身的发展空间。尽管受多元文化的冲击，尽管现代人生活方式和思想观念以及欣赏习惯已经改变，年轻人接触传统戏曲相对较少，但戏曲市场需求依旧火爆，人们依旧喜欢这种喜闻乐见的艺术形式。可以说，将传统戏曲与现代媒介传播更好地融合，使年轻观众视之为展现民族尊严与文明价值的高档产品的时刻，自然就是中华民族强盛与自信的时刻！

导演是一部剧的灵魂，戏曲导演意识的当代表达与探究，应随着时代的飞速发展而与时俱进。一部好的戏曲作品的诞生不是一蹴而就的，需要各部门统筹配合，需要所有主创人员相互沟通交流。导演作为整个剧组的领导者，需要加强自身学习与思考，通过自我不断学习、丰富导演的构思，从而提高舞台样式的表达力。“守正创新”是戏曲创作应当秉承的宗旨，唯有“守”住“正”，方能“创”得“新”。同时，数字化媒介和现代科技在戏曲创作和传播中的运用，是当今时代戏曲和科技相碰撞的结果，这是作为当今戏曲导演工作者所必须学习和掌握的新技能。一出戏最终的目标是向着“诗化”的导演美学方向迈进，这是对剧作、人物、主题的深化和彰显。期待我们的戏曲导演们能够紧跟时代脉搏、走在时代前列，创作出具有历史永恒性的戏曲舞台艺术精品。

“背靠传统,立足现代,眼望未来,与时俱进”是著名导演谢平安老师的执导思想。这十六个字对我的艺术创作有着很深的影响。背靠传统，就要抓住戏剧的本体——写意传神的美学观念。立足现代,就是不抱残守缺,对传统重新进行组合,让戏剧既是传统的又是现代的。眼望未来,指出导演要有前瞻性、预见性,掌握戏剧未来的发展和变化,用拿来主义的方法,既看中国又看世界,不断反思。与时俱进,就是导演要永远不能停止学习,一刻都不能停止思考的脚步。

小人物不寻常的命运归属

——《救孤》

执导《救孤》是我与怀宁县黄梅戏剧团的第一次合作，该剧获得了第九届安徽省优秀小戏小品展演“优秀剧目”奖。这部小戏对于我来说是个命题作文，创作红色题材戏剧是建党百年时戏剧工作者的义务和责任。作为一个红色题材剧目，小戏《救孤》紧跟时代步伐，讲述了一个战乱年代中因保护烈士遗孤，而最终让不同阶级的人产生了心中有党、思想向党，甘愿为党的事业献出生命的鲜活故事。《救孤》以韩向民报恩救孤为引子，在学生、船夫和清乡队长之间编织了一个激烈而又集中的故事，以小见大地呈现了民众的觉醒和对党的拥戴。

一、剧本修改意见

1.学生吴玉芳这个人物在剧本中作用并不是特别大，假设删除这个人物，这个小戏依然可以发展。吴玉芳发挥的戏剧功能和大江嫂有重复，二人虽然代表了不同的阶层，但是在戏里类型重复。

建议：将吴玉芳设置成具有先进思想的进步女学生，这样更能代表五四新文化运动后的学生群体。她乘船或许是寻找共产党员朋友而并非普通朋友，这样处理，人物的行动就具有积极性和主动性，人物的目的性会更加明确。剧本中提到吴父帮助别人去了大别山，也曾说过只有共产党才能救中国这样的话语，说明吴深受其父先进思想的熏陶。

吴玉芳作为一名受过良好教育的女学生，当韩向民说要找寻孩子的爸爸，开船

去上游潜北乡时,吴的反应有点过激,这似乎与人物身份不符。吴父是凤鸣书院院长,她生长于书香门第,应是一名通晓情理的大家闺秀,不会那么急躁。

2.任何一个人物的思想觉醒和思想转换都是有过程的,并非一蹴而就。纵观全剧,所有人物内心情绪发展的转变都有些突兀,所有人的觉醒都是一起产生的,仿佛约好了似的,这显然是不合理的。

建议:人物的觉醒应有先有后。大江嫂是底层劳动人民,起初害怕惹祸上身,不愿载韩向民乘船,当韩向民讲到婴儿父母是共产党员时,大江嫂吓得交回婴儿,这一下意识的动作与后来大江嫂唱到“说起来共产党真正是好汉,人人端正又善良。上游潜北我跑过多少趟,共产党地盘里的确好风光”是相互矛盾的。既然大江嫂对共产党是打心底里的认同与佩服,那为何当知道孩子的父亲是共产党员时,有一种“烫手山芋”不敢接的感觉?作为一位普通妇女,她的害怕与担忧实属正常。大江嫂的人物觉醒是在韩向民的行为感动下和吴玉芳的劝说下发生的, 随着舞台行动的推进,大江嫂内心深处才真正转向共产党。

吴玉芳在戏中作为唯一的知识分子,但在思想觉悟方面,远不如韩向民和大江嫂,所以当吴玉芳听见韩向民要去寻找孩子的父亲,以及贾贵仁发现船上还有小孩以及之后听到韩向民感激共产党的那段唱词时,吴玉芳的情感态度应是递进的,通过韩向民的举动言语,吴玉芳的思想觉悟一次次得到升华,从而意识到自己作为一名进步学生,在思想觉悟上还不如一位农民,因而产生羞愧之感,逐渐被韩向民所感染,也希望向党组织靠拢,最终跟随韩向民去往大别山一起帮孩子寻找父亲、寻找党组织。

在韩向民要活埋清乡队小队长贾贵仁时,建议增加吴玉芳的唱段,以此来表现共产党对待犯人的做法和态度,因为吴玉芳曾接受先进思想和党的政策熏陶,最终感化了贾贵仁,贾贵仁的人物性格也要发生转变。

韩向民前一秒还在指责贾贵仁,要杀了他,后一秒就将他带去大别山。杀与不杀之间转换得过于直白,速度显得稍快,是否增加几句对白便于人物情绪的转变,使得过渡自然顺畅。这样设定人物情感的发展脉络,要比所有人不约而同地觉醒更加自然。

3.剧本原名《夺船救孤》是一出现代戏,尽管表演上我们可以借鉴传统戏曲的虚拟表现手法,但全剧不是处在一个相对固定的空间,而是在船上与船下两个空间进行交叉表演,因此建议将船保留其意,忽略其形,这样在表演上更加自由、便捷。此外,"夺"字虽然表现出了情势的紧急和事态的紧张,但是全剧却未有"夺"之情节,产生名不副实之感。当吴玉芳说她要先去下游江湾村时,韩向民表示可以先送吴玉芳去下游,全程都保持一种比较谦卑的态度。所以从这个角度讲,《夺船救孤》中的"夺"字略有不妥,将小戏改名为《救孤》似乎更为贴切。

二、导演阐述

小戏虽小,却五脏俱全。全剧在主题上表现了不同阶层人民对党的不同态度,以及在经历一番事情后态度的转变,鲜明地表现了党之善与反动势力之恶。通过对几个不同类型人物性格的描写,反映出了普通百姓的善恶是非观,无论是农民还是知识青年,抑或像大江嫂这样普通的小老百姓,大家对党的情感认同都是一致的,进而表现出了对党的讴歌赞颂,也深层次地反映了党在老百姓心中的地位。

全剧主要矛盾冲突因两者目标不同而引发:一者代表正义,要保护烈士遗孤;另一者代表恶势力,要杀掉烈士遗孤。二者之间形成了正义与邪恶的激烈对抗。全剧以韩向民身处困境作为推手, 先后引发了多组戏剧冲突。在吴玉芳与韩向民之间,二人都有鲜明的行动目标,一个北上一个南下形成冲突。在韩向民与大江嫂之间，面对饥肠辘辘的孩子，木讷的韩向民在与大江嫂沟通时产生误会，让大江嫂对韩向民产生排斥，但是出于人性之善，大江嫂依然解决了孩子的饥饿问题。二是在清乡队长登场后，韩向民身份曝光，大江嫂在面对是否再带韩向民而陷入选择困境。人物在压力之下做出的选择，更能揭示人物的性格真相。

小戏中应合理分配空间布局、注意岸边与江面的空间设置。建议用抽象的湖面与具象的芦苇来结合着进行装饰，形成舞台的层次感。戏的前半部分灯光以冷色调为主，衬托局势的危急与社会的黑暗，在几人脱险后，灯光逐渐向暖色调转变，根据舞台节奏的推进转变灯光的冷暖色调，符合戏剧情节的发展，起到烘托主题的作用。在服饰上，小戏要体现出解放战争时期不同人物阶级的身份特点，农民、船夫、学生、清乡队长等要有区分，要具有细节化处理，注意服饰中的点睛之笔。

全剧音乐形象的寻找和确立，要紧密贴合小戏的主题思想。整体节奏明快，起伏跌宕，突出黄梅戏唱腔音乐的风格特色和描写音乐时代感的融入。每个人物的唱腔一定要突出人物的性格，展示人物内心变化过程，成为角色情感抒发的重要手段。

三、全剧人物形象分析

1.韩向民：朴实、憨厚的农民形象，也是一个知恩图报的农民。他不畏惧强权，敢于斗争，从开始到结尾都是正义的代表，都有坚定的立场。为了保护孩子，危难时刻勇于反抗，面对敌人清乡队长时没有丝毫退缩。为了不连累大江嫂和吴玉芳，多次劝说想要自己处理。在保护孩子的过程中，因缺少喂孩子的食物而将目光投向大江嫂与吴玉芳时，表现出了一种特有的木讷。最真实的表演恰恰反映了这个人物不只有“高大全”这一面（他不是样板戏里的钢铁战士），也具有普通人接地气的一面。

2.大江嫂：一个普通、善良的劳动人民（船夫），有爱心但为人又有少许圆滑，在剧中的处事态度发生了从不愿惹火上身到主动帮助他人的转变。经常护送人过河的她见多识广，对国民党和共产党的斗争也见识过，是个嘴硬心软的人，嘴上犹犹豫豫，行动上却选择护送婴儿，但跟人打交道的她也多了几分灵性和随机应变。从开始准备不带两个人乘船，到不惧贾贵仁、与之据理力争，都体现了大江嫂的勇敢。当看到孩子没有奶吃的时候，主动把自己熬的鱼汤给孩子吃，以及为保护孩子送他们去大别山，突出了中国农村妇女的纯朴与善良。

3.吴玉芳：凤鸣书院的千金小姐，知书达理的大家闺秀，机智聪慧。作为知识青年，她有一定的思想觉悟，有涵养，有担当，有积极的进步思想。面对国民党反动派的残忍暴行，她痛恨、抗争，她从内心深处愿意帮助韩向民完成目标。

4.贾队长：从名字上看，"贵仁"二字具有一定的反讽性。作为全戏中一个形象较为突出的反面人物，他并非仁义之人。一上场的"不许开船""谁敢开船""是不是吃了豹子胆"等台词，刻画了贾贵仁反动嚣张的嘴脸。当听到吴玉芳是凤鸣书院吴老院长的千金时，瞬间变脸为一个趋炎附势的小人。后介绍自己的工作时又显得扬扬得意，在听到孩子的哭声时，整个人的气势又回来了。被韩向民制服后，为了活命，又表现出了这个人物典型的两面派形象。该角色可以做丑角处理，以突出其人物性格形象，增加全戏的看点。

筑牢信仰之基 点亮青春之光

黄梅戏《红灯永照——生命的承诺》创作心得

在文艺工作座谈会上，习近平总书记号召广大文艺工作者创造更多无愧于时代的优秀作品。同样，戏剧导演的人生追求，正是创作出经得起时代检验、老百姓喜闻乐见的艺术作品。近年来，主旋律作品的引入是戏剧舞台上的主导创作，用红色作品来表达可亲可敬的中国共产党人的艺术形象，是时代的呼唤和历史的必然。

黄梅戏旋律优美，善于挖掘人物丰富的内心情感，塑造细腻的人物形象。新时期黄梅戏剧目创作如何保留戏曲精髓，体现时代特征，牢牢把握总书记提出的“守

正创新”，正是文艺工作者需认真思考并努力践行的。文艺工作者应力求使黄梅戏艺术释放夺目的魅力、演绎感人的故事。

黄梅戏《红灯永照——生命的承诺》讲述的是1985年，吴振鹏烈士的遗腹女王行得到了父亲的一封绝笔信，对从未谋面的父亲，王行的心中充满向往，她来到父亲牺牲的牢狱，追寻父亲的心路，一段跨越时空的心灵对话徐徐展开。

1933年，身为共青团领袖的吴振鹏不幸被捕。他受尽折磨，但始终坚贞不屈。国民党特务头子徐恩曾以其未出世的孩子相威胁，逼迫其写下口供书，而他却借此为孩子写下了绝笔信。随着狱中书写，父女二人隔空互诉。吴振鹏在信中诉说了自己参加革命，为国为民的理想和从容赴死的决心，更多的是与孩子诀别的不舍。笔停信落，泪眼婆娑，吴振鹏的生命也走到了尽头。王行终于明白，父亲用自己年轻的生命践行了共产党人的承诺。她也知道父亲并未走远，他的精神永远伴随着自己，这就是父亲给予的爱。最后，他们穿越时空阻隔，相拥而泣。

一、讴歌本土英雄，传承红色基因

是谁拯救了20世纪初处在水深火热、积贫积弱之中的中国？是谁带领广大人民建设起新中国？是我们伟大的中国共产党。安庆在中国近现代的历史画卷上有着浓墨重彩的一笔，回首往昔，一幕幕波澜壮阔的战斗画面仍然历历在目。这里走出了无数的能人志士，徐锡麟、陈延年、陈乔年、吴振鹏、石光明……无数革命先辈英勇奋斗、无私无畏，他们用铮铮铁骨，浇筑出了我们今天幸福的生活。因此，用戏剧来传承红色基因，挖掘本土英雄事迹，利用创排红色题材作品的契机，展现特定时期的人和事，是我们文艺工作者义不容辞的责任和担当，也是利用戏剧作品推进文化育人、思想育人新模式，更是提升安庆文艺创作、打造文艺精品的一条路径。

2023年6月，中国青年运动领袖之一，安庆籍烈士吴振鹏逝世90周年。铁骨丹心浩气长,雨花台上耀辉光。安徽黄梅戏艺术职业学院为深刻纪念革命英雄的伟大成就,弘扬爱国主义精神和民族精神,以吴振鹏烈士为原型,根据曹峰峻的《红灯永远照亮中国——吴振鹏烈士传》,改编创作了无场次黄梅戏《红灯永照——生命的承诺》,立体呈现了吴振鹏烈士短暂的一生。

吴振鹏,1906年生,1923年加入社会主义青年团,后转为中共党员。1927年,吴振鹏任中央局委员、江西共青团省委书记,期间主编团省委机关刊物《红灯》,他以笔为枪,抨击国民党反动派;1928年,在中共江苏省委负责共青团工作,后任中共江苏省委委员、共青团江苏省(兼上海市)委书记、中共江南省委委员、常委;1933年不幸在上海被捕,解送南京,后从容就义,年仅27岁。

吴振鹏视青年工作为生命。面对敌人的威逼利诱,他严守党的秘密,至死"零口

供”。他为中国革命事业作出了杰出贡献，他的精神是一面旗帜，永远引领后世前进的步伐。因此，在特殊的时间节点，用黄梅戏的艺术形式将烈士的光辉形象立在舞台，意义重大！这不仅加深了主创团队和师生对中国共产党初心使命直抵心灵的认知与理解，而且很好地讲述了中国共产党的故事，传承了红色基因，塑造了可信、可爱、可敬的中国形象。

二、丰富活动载体，培养道德情操

近年来，黄梅戏舞台上排练了多部红色题材作品，如《共产党宣言》《清清的义水河》《大别山上红旗飘》《新四军母亲》《抗大母亲》等。红色文化是党和国家宝贵的精神财富，如何在无场次黄梅戏《红灯永照——生命的承诺》中开掘新颖的戏剧情节，塑造独具个性的革命者形象；如何通过具有教育意义戏剧作品的排演，提升大学生的自我认知，加深对红色革命的理解，是所有创作者都需要静下心来认真思考的问题。

“青年兴则国家兴、青年强则国家强。在中华民族处于风雨飘摇的时刻，一群风华正茂的青年革命者，奋然投身于救国兴国的革命洪流，他们以青春和热血谱写了气壮山河的革命赞歌”，这是我为全剧做剧本分析时所写的一段话语。《红灯永照——生命的承诺》一剧的主题和现实意义告诉我们青年一辈，当今世界正处于百年未有之大变局中，我们需要坚守自己的信仰和承诺。一百年前，中国先进分子和一群热血青年演绎的追求真理、燃烧理想的激情岁月，仿佛就在眼前。今日今时，当代大学生理应牢记使命，加强思想道德修养，在不断学习中完善自我；理应追求高尚人格，攀登人生至高境界，努力成为祖国栋梁之材。

艺术作品要打动观众，首先要打动自己。作为该剧的导演，我对吴振鹏烈士的了解始于2023年安庆春节联欢晚会上的一个朗诵节目。当吴振鹏烈士的外孙——

黄品沅老师，用他富有深情的声音朗诵吴振鹏烈士在狱中写给女儿的书信时，泪水模糊了我的视线。作为听众，我的内心受到了极大震撼：这么一个感人的故事，这样一个可亲的人物，需要一部戏剧作品来表现他！带着创作的激情，我仔细阅读了曹峰骏老师的纪实文学《红灯永远照亮中国——吴振鹏烈士传》。悄然间，我似乎与吴振鹏烈士走到一起，走进了他短暂却光辉的一生。我要去找寻他，找寻他的心路，要用真情走进他的灵魂深处。

经过三个多月紧锣密鼓的排练，《红灯永照——生命的承诺》终于迎来了首演。演出结束，在观众报以热情掌声的那一刻，我懂得了一部作品打动人、感染人的魅力所在，它被观众认可和喜爱的真正原因，不仅在于有扣人心悬的剧情、感人肺腑的故事、性格迥异的人物形象塑造，更在于其思想性是否具有深远的穿透力，是否能够引起观众强烈的共鸣。演员在剧中通过角色互换实现心理交流，完成了道德情感的发展；观众在观剧时加深了对人物的理解，从而增强自己的道德情感。

《红灯永照——生命的承诺》以戏曲艺术形式表现了红色精神和红色文化，这

是利用安庆红色资源，植根安庆红色土壤，创新青年思想引领方式的有益尝试。这种方式可以有效加强高校校园文化建设，丰富戏剧活动载体，提升大学生的审美素质，使学生们在观剧中清晰分辨出善恶、美丑，培养学生良好的道德情操，使得广大青年自觉地从政治上着眼、从思想上入手、从自身特点出发，听党话、感党恩、跟党走。

三、创新培养模式，呈现品牌效应

创新人才培养模式，既要强调学生创新思维的培养，又要注重实践能力的提升。戏曲表演人才的培养有其独特路径，《红灯永照——生命的承诺》遵循了以剧目带动教学、以展演促进教学、以创作深化教学、以舞台检验教学、产教融合的样式。在创、教、演、研一体化育人的实践创新中，不断提升学生的专业技艺和舞台适应能力，出作品、出人才，引导学生在戏剧创作和生产中不断成长。红色题材戏剧作品的创排引领了探索性的育人模式，带来了黄梅戏人才培养的新机制。

安徽黄梅戏艺术职业学院是培养黄梅戏表演人才的重要阵地。通过新剧的创作和制作，积极探索以原创剧目为驱动，强化艺术院校在艺术创作、传承和创新方面的教育责任，在培根铸魂和守正创新上实现新作为。此次学院全力保障剧目创作，协同推动教学和科研工作建设，以实际行动弘扬主流价值观，讲好中国故事、传播中国声音，展现了可信、可爱、可敬的中国形象。在整个艺术创作过程中，主创部门秉承现实主义创作原则，勇于创新，大胆实践，朝着共同打造一部优秀舞台作品的目标去努力。学院运用自身优势资源，不断探索深化“艺术+思政”文化育人品牌，挖掘地方思政资源，结合艺术类高职院校的特色和优势，将红色精神渗透到黄梅戏艺术的创作中，实现了思政育人和艺术技能培养的完美融合。安徽黄梅戏艺术职业学院作为一所艺术院校，挖掘本土红色资源，传承先烈精神，是我们义不容辞的责

任。用黄梅戏唱出安庆的红色故事，让革命故事成为播种信仰的“孵化器”和锤炼初心的“活教科书”，深刻反映了习近平新时代中国特色社会主义思想主题教育，践行了“学思想、强党性、重实践、建新功”的总要求。

《红灯永照——生命的承诺》的创作团队和演员都是学院的师生。为了创作好这部作品，在院党委的全力支持下，形成以戏为媒、以剧为介，多系部、多专业资源融合，是对教师综合素质的一次大练兵。作为高校教师，我们不仅要传授专业知识，更应该成为学生思想的塑造者和守护者。教书育人是我们的第一要务，做一名“四有”好老师是我们追寻的目标。通过戏剧创作，坚持守正与创新互促，通过作品来洗礼学生心灵，在人物故事的解读中影响着青年一代的人生观、价值观和世界观，促进艺术专业教学与思想政治教学上的相互交融，从而实现注入思政元素，讲台舞台互通，推进课程育人、实践育人、文化育人、思想育人。

通过创作新剧，激发了教师队伍的创作活力，提高了教师的专业素质，系统了解艺术教育规律、艺术创作手法和艺术实践要求，促进教师的合作精神、协作意识和思想境界，使教师在潜移默化中受到熏陶和培养，增强教师的凝聚力和向心力。教师深入钻研业务技能，将专业技能和“工匠精神”深度融合，形成一支文化修养好、技术水平高、创新能力强的教师队伍，而好的师资力量正是培养优秀黄梅戏表演人才的基础和关键。学院以创新的思维和务实的风格推出黄梅戏优秀作品，积极构建以教学、教研、创作、竞赛、演出为核心的“五步同轨”黄梅戏人才培养模式，将艺术教学与戏剧制作相结合，培养黄梅戏高层次人才。

四、凸显黄梅艺术，抒发魅力情怀

在剧目创作过程中，我始终强调，要牢牢把握剧种文化特色，凸显戏曲本质。要在保留黄梅戏地域化和特色的基础上，积极吸收现代技术，提高整体舞台艺术效果，凸显黄梅戏的艺术魅力，真正创作出现代剧作。全剧突破了传统戏曲形式和戏曲固有结构的局限，将现代语汇、思维方式和审美观念融入黄梅戏艺术创作中。在创作形式上，运用多重时空的交织，探索主人公复杂多变的心理过程，以细腻的手法多角度、多侧面描绘人物的艺术人格，以及坚定信仰的共产党员的人格魅力。在舞美的整体风格样式与美学原则的把控上，注重写意与具象空间的融合，以及现代戏剧舞台方式与传统黄梅戏的创作相结合。在表演上，要求演员吸收话剧写实主义的表演风格，注重对人物内心活动的深层次挖掘。在音乐上，采用交响乐编排，吸收《国际歌》《红梅赞》等红色歌曲的旋律，拓宽了黄梅戏的综合表现力。

作为导演，我力求将传统戏曲表现规律和技法与整体、全面的艺术观念相结合。随着当代戏剧艺术的飞速发展，各种戏剧流派、戏剧风格、戏剧思想的碰撞已悄然融入黄梅戏之中。因此，在新时代的黄梅戏创作中，应主动将传统黄梅戏艺术的古典魅力与当代社会的审美价值合理地结合，在充分考虑当今观众观剧心理变化的同时，最大限度地展现传统戏曲艺术之美和精湛的传统程式技艺。对黄梅戏《红灯永照——生命的承诺》的创作，我进行了理性的分析和研究，用一定的审美标准洞察剧中主人公的精神轨迹，多角度、清晰地探索吴振鹏烈士的人性，注重情感、伦理、道德的愉悦与满足。创排中改变了以往导演的创作习惯，用新的戏剧传统、思维方式和审美习惯进行大胆创作。将革命精神融入传统文化，与实际生活深度联系，以严谨的态度、扎实的功底和缜密的思维，立体呈现了作品的艺术价值和人文情怀。排练过程中，重视作品的现实意义，希望通过作品来表达自己当下的认知和社会责任，这其实也是面对社会的一次严谨的演讲。因为一部戏的演出不应该仅仅局限于这一部戏，而是要在作品中呐喊出自己真实的想法，传达出自己最真挚的艺术情感，感动观众，唤醒观众。

2023年6月8日下午，黄梅戏《红灯永照——生命的承诺》首演。我们将吴振鹏烈士"复活"在舞台上，和女儿隔空相望。为了排好这部戏，我们去了南京雨花台，亲身感受烈士的高尚情怀，我们还联系了吴振鹏烈士的外孙黄品沅先生，请他担任这部戏的艺术顾问。愈是走近愈被打动，剧本先后修改了14次。在排练和演出中，全体师生感受到了革命先辈的高大形象，都渴望把角色尽可能完美地呈现在舞台上。主演鲍晓霞老师在排练中一次次被打动，无数次流下深情的泪水，这是信仰的力量。在这封信里，王行看到了父亲与敌人的殊死搏斗，看到了父亲为共产主义事业奋斗的一生。饰演吴振鹏的年轻教师吴金鹏，巧的是名字中也有一个"鹏"字，年龄还相仿。金鹏老师为刻画吴振鹏形象倾注了大量心血，他总是说，吴振鹏烈士用自己的生命践行了共产党人的承诺，用鲜血为国家换来了新生，其事迹可歌可泣，其精神感人至深。

《红灯永照——生命的承诺》首演后，先后被全国学习强国平台、中国黄梅戏艺术节官网、安庆新闻联播、安庆日报等多家媒体宣传报道，取得了良好的教育效果和社会影响。我询问了许多观剧的朋友，大家感触颇深，认为这部戏诠释的共产党人用生命践行诺言的故事，催人泪下，他们无不感动于吴振鹏烈士坚守信仰、不畏生死，为国家和人民奉献一切的伟大精神。许多大学生也表示，要以吴振鹏烈士为榜样，从他的伟大事迹中汲取前行动力，创造属于新时代青年的光辉业绩。

27岁的革命烈士、中共中央巡视员吴振鹏，以青春之我、奋斗之我，为民族复兴铺路架桥。让我们永远铭记这样一位为中华民族伟大复兴做出牺牲的历史人物，他短暂而伟大的一生值得我们景仰，他为理想而奋斗的足迹值得我们去追寻。他似一盏明灯，永远照耀着我们。

编导黄梅戏作品《王婆骂鸡》

导演黄梅小戏《探亲》

导演无场次黄梅戏《生命的承诺》

为安庆市黄梅戏艺术剧院定向班学员
导演荒诞喜剧《风筝误——惊丑》

为枞阳县黄梅戏剧团导演《沽酒记》

为铜陵艺术剧院导演《红桥》

为铜陵艺术剧院导演
《我家的故事》

为中国戏曲学院黄梅戏本科班学生导演
《吕布戏貂蝉》

后记

时光如梭，转眼即逝。我在艺术这条道路上已经走过26个春秋，很开心能一直从事着自己喜欢的艺术事业。

作为教师，我爱我的学生，希望孩子们都能成为黄梅戏舞台上的佼佼者。能为戏曲艺术的传承发展做出自己的贡献，我深感自豪；看着一棵棵小树苗茁壮成长、成为各院团的中坚力量，我内心感到无比骄傲。习近平总书记在2020年10月回信勉励中国戏曲学院师生时，提到"坚定文化自信，弘扬优良传统，坚持守正创新"，这18个字已然成为戏曲行业发展的重要方针，也成了我今后教书育人的新坐标。

作为导演，我希望自己能够创作出历经时代变化、经久不衰的戏剧作品。艺术的主要任务是反映时代面貌，导演更要与时代的脉搏息息相通。导演是舵手，是灵魂的建筑师，是一部作品成败的关键所在。一个导演最宝贵的财富就是人民，要开掘这个宝藏，才能赋予艺术生命力。导演的艺术修养源于对生活的热爱与丰富的生活积累。作为戏曲导演，如何守正创新、创作出老百姓喜爱的作品，是我的职责所在，也是我导演之路的初心与宗旨。

处女作《风物长宜放眼量——黄梅戏导演创作谈》即将付梓，我内心充满着感激。

感恩黄梅戏，是这个美丽的剧种滋养了我，哺育了我。

感恩我的第二故乡——安庆,在这片土地上我完成了人生中的许多大事,在这片沃土上我可以尽情施展自己的才华。

感恩我的单位——安徽黄梅戏艺术职业学院,在院领导的关怀与帮助下,我逐渐成长,成为一名对国家和社会有价值的教育者和文艺工作者。

感恩我的爱人——王曼,在我艺术创作道路上,她给予了我很大帮助。她是巢湖人,我们是大学同班同学,相识至今,我们一起度过了整整20个春秋。当我遇到困难的时候,她总是陪我一起度过。她教会了我用感恩之心对待朋友、用平常之心对待自己。感谢她为整个家庭做出的牺牲和奉献,是她为我免去了后顾之忧,助我安心于导演创作。

一路走来,需要感恩的人还有很多,很多……

谨以此书向我的家人、学院领导、表演系同人、为我授课的老师和所有在我艺术道路上帮助过我的朋友,致以衷心的感谢!

胡继宗

2023年12月20日